Leo Leichtsinn Band 1

Hendrik Nachtsheim

Leo Leichtsinn

mit Zeichnungen von Frank Deisel

bioverlag gesundleben, 6072 Dreieich

ISBN 3-922434-31-2

1. Auflage
1.-20. Tausend

Satz: Fotosatzstudio Fischer, 6072 Dreieich

Druck: Decker & Wilhelm, Heusenstamm

Inhaltsverzeichnis

Das Vorwort, das ich schreiben wollte, und was daraus wurde…

Hendrik: "Hallo Du Leseratte! Nun bist Du also stolzer Besitzer des ersten Buchs über Leo Leichtsinn. Tja, und mein Name ist Hendrik, und ich habe es geschrieben. Wer hätte es denn auch sonst schreiben sollen; wo ich den Leo doch so gut kenne. Deswegen glaube ich übrigens auch, daß es am besten ist, wenn ich Dir erstmal etwas von ihm erzähle – zum Beispiel wie alt er ist, was er so alles macht und so weiter – bevor ich dann zu den eigentlichen Geschichten komme, damit Du ihn schon mal ein bißchen kennenlernst. Meinst Du nicht auch? Na siehste!"

Leo: "Hey, halt! Moment mal! Was ist denn? Dauernd höre ich meinen Namen, Leo, Leo, Leo! Was erzählst du denn da von mir?"

Hendrik: "Grüß dich, Leo! Reg' dich mal nicht so auf. Wenn ich ein Buch über dich schreiben, dann muß ich dich dem Leser ja wohl erstmal vorstellen. Der will doch wissen, mit wem er es auf den nächsten Seiten zu tun hat."

Leo: "Das verstehe ich ja. Aber kann ich mich denn nicht selbst vorstellen?"

Hendrik: "Ähem, jaaa.. warum eigentlich nicht? Na klar, wenn ich mir das so recht überlege, ist das eine prima Idee. Ich habe ja nachher noch genug zu erzählen. Also schön, dann leg mal los, lieber Leo! Erzähl uns was von dir..."

Leo: "Danke, Hendrik, das ist wirklich sehr nett. Hmmm, mal überlegen, womit fange ich denn an? Also... ich bin wie gesagt der Leo. Eigentlich heiße ich ja Leopold. Aber ich finde, das klingt so streng. Jedenfalls nennen mich alle nur Leo, und das ist mir auch lieber so.

Ich bin jetzt zehn Jahre alt, also genauer gesagt schon zehneinhalb. Geschwister habe ich keine, leider. Trotzdem, langweilig ist es bei uns zu Hause eigentlich nie. Meine Eltern sind alles in allem ganz in Ordnung. Natürlich gibt's auch ab und zu mal Krach, Du kennst das ja. Aber meistens komme ich doch sehr gut mit ihnen aus. Mein Vater heißt übrigens Horst und arbeitet bei einer Autofirma im Büro. Seine Frau, also meine Mutti, die heißt Ingeborg und arbeitet als Verkäuferin in einem Schuhgeschäft, allerdings nur an zwei Nachmittagen in der Woche. Sie sagt, wenn sie immer nur zu Hause bliebe, dann würde ihr die Decke auf den Kopf fallen.

Herr und Frau Leichtsinn

Da ist noch jemand, den ich genauso lieb habe wie meine Eltern, nämlich Oma Olga! Das ist die Mutti von meinem Vater, und sie ist schon über siebzig Jahre alt. Seit Opa gestorben ist, lebt sie mit uns zusammen. Oma kann tolle Geschichten erzählen, so spannend, daß Dir vor lauter Schreck die Ohren abfallen! Nee, nee, das war nur Spaß. Manchmal wird sie auch ganz nachdenklich. Dann seufzt sie meistens und sagt: 'Ach, wenn Opa nicht geraucht hätte, würde er heute noch leben.' Überhaupt, wenn es um Gesundheit und so Sachen geht, ist Oma Olga absolute Spitze. Ich glaube, es gibt nichts, was sie darüber nicht weiß. Sie hat in unserem Blumengarten sogar ein extra Beet angelegt, da wachsen nur Kräuterpflanzen drauf. Die haben die verrücktesten Namen, sag ich Dir! Mir hat sie übrigens wirklich schon ein paarmal damit geholfen! Glaub' mir, so eine Oma im Haus ist 'ne prima Sache!

Oma Olga

Das wäre also meine Familie. Oh, Moment, beinahe hätte ich ja 'Wollknäul' vergessen. Na, meinen Hund! Welche Rasse, möchtest Du wissen? Tja, das ist schwer zu sagen. Also, für einen Schäferhund hat er zu kurze Beine, für einen Dackel zu lockiges Fell, für einen Pudel hat er viel zu große Ohren und für... ach, egal, halt von allem ein bißchen. Auf alle Fälle ist er sehr klug und treu.
Neben Edgar ist er mein liebster Freund. Ach so, entschuldige, Du weißt ja gar nicht, wer

Wollknäul

das ist. Also, Edgar ist mein allerbester Freund, und er wohnt nur ein paar Ecken weiter. Wir gehen in dieselbe Klasse, nämlich in die 5c. Edgar ist ziemlich groß, und die anderen in der Schule nennen ihn deswegen oft auch "Latte" oder "Funkturm". Aber das macht ihm nichts, der ist immer die Ruhe selbst. Nur einmal, da hat ihn der Dieter, das ist der Sohn von unserem Schulhausmeister, so sehr geärgert, daß Edgar richtig böse geworden ist. Da hat er zu Dieter gesagt: 'Wenn du Doofmann nicht abzischst, dann spuck' ich dir auf deinen Eierkopp!' Was glaubste, wie der gerannt ist. Natürlich hätte Edgar das nicht wirklich gemacht. Spucken ist ja eklig!"

Hendrik: "Entschuldige die Störung, Leo, aber erzähl' doch mal, wo du mit deiner Familie überhaupt wohnst und was für Hobbies du so hast. Das interessiert den Leser bestimmt!"

Der lange Edgar

Leo: "Interessiert Dich das wirklich? Tja, also wir wohnen in einem kleinen Haus in Dreilinden. Das ist eine Stadt in der Nähe von Frankfurt. Eigentlich sind es ja mehrere Städtchen, aber die Politiker haben die einfach alle zu einer Stadt zusammengetan und es Dreilinden genannt. Vati hat gesagt, das mit den Zusammenlegungen würde jetzt oft in Deutschland gemacht, weil die Politiker glauben, daß das einfacher und billiger wäre. Aber wenn ich ehrlich bin, so richtig blicke ich da nicht durch.

Ach ja, meine Hobbies sollte ich noch sagen. Also am liebsten mache ich alles, was mit Sport zu tun hat. Fußball spielen, turnen, laufen, schwimmen, ganz egal! Wenn ich Direktor an einer Schule wäre, Du, da gäbe es den ganzen Tag lang nur noch Sportunterricht! Na ja, Du hast Recht, jetzt habe ich ein bißchen übertrieben. Schreiben, lesen, rechnen und so weiter, das muß man natürlich auch lernen. Sonst könnte ich zum Beispiel auch gar nicht meine Piratenbücher lesen. Das sind nämlich meine Lieblingsgeschichten!"

Hendrik: "Sei mir nicht böse Leo, wenn ich dich schon wieder unterbreche. Aber hast du noch viel von dir zu berichten?"

Leo: "Wieso fragst du?"

Hendrik: "Na, ich würde sonst ganz gern mal mit den Geschichten anfangen. Du hast ja jetzt schon recht ausführlich von dir erzählt."

Leo: "Ja, ja, ist schon okay. Du, äh ... sag mal, Hendrik ..."

Hendrik: "Was ist denn noch?"

Leo: "Ich meine ... also ... ähem ... also eigentlich könnte ich doch die Geschichten selbst erzählen!"

Hendrik: "Also Leo, jetzt gehst du aber zu weit. Immerhin war es doch meine Idee, mit dem Buch. Da werde ich es ja wohl auch selbst schreiben dürfen. Außerdem bin ich viel 'objektiver' als du!"

Leo: "Was ist denn das, 'objektiver'?"

Hendrik: "Das Wort 'objektiv' bedeutet soviel

wie unparteiisch. Wenn ich etwas von dir erzähle, dann so, wie es wirklich war."

Leo: "Ach, und ich vielleicht nicht? Glaubst du denn, ich würde dabei lügen?!"

Hendrik: "Nein, nein, Leo, beruhige dich. Natürlich würdest du nicht lügen. Dazu kenne ich dich ja viel zu gut. Ich weiß, daß du ein ehrlicher Kerl bist. Aber auch ehrliche Menschen 'schummeln' manchmal ein wenig bei ihren Erzählungen. Besonders dann, wenn sie von sich selbst erzählen. Deshalb sind es dann noch lange keine Lügner!"

Leo: "Naja, das kann schon sein. Hm, also schön, dann fang halt an."

Hendrik: "Gleich, Leo, gleich. Ich will dir aber noch einen Vorschlag machen. Am Ende des Buches reden wir nochmal über alles, und du kannst ja dann sagen, wenn dir was nicht gefallen hat. Einverstanden?"

Leo: "Na klar, einverstanden!"

Hendrik: "Prima. Dann kann ich ja loslegen. Aber bevor ich das tue, wünsche ich Dir, liebe Leseratte, bei diesem Buch viel Spaß!

Die erste Geschichte, die ich Dir erzählen möchte, heißt..."

Die Sache mit dem Pausenbrot

Als Leo eines Mittags nach Hause kam, zog er ein Gesicht, als hätte man in seiner Schule den Sportunterricht abgeschafft.

"Na, junger Mann, schlechte Laune?", Oma Olga betrachtete ihren Enkel forschend.

"Ach, laßt mich doch alle in Ruhe!" brummte Leo und verschwand in seinem Zimmer.

"Olala, der ist ja ganz schön geladen", stellte Mutter Leichtsinn fest. "Ich möchte doch mal wissen, was mit ihm los ist."

"Ich weiß nicht, Ingeborg", wandte die Großmutter ein, wir sollten ihm mit seiner schlechten Stimmung erstmal alleine lassen. Meist gibt sich sowas von selbst."

"Ach wo! Vielleicht hat er Ärger in der Schule, dann möchte ich das gefälligst auch erfahren. Möglicherweise kann ich ihm ja helfen oder ihm wenigstens einen Ratschlag geben."

"Na gut, dann geh halt hinter ihm her. Ich halte mich da raus. Es bringt sowieso nichts, wenn wir jetzt zu zweit über ihn herfallen."

Oma Olga zog sich zurück, während die Mutter vorsichtig an Leos Tür klopfte. "Leo, darf ich reinkommen?"

Drinnen rührte sich nichts.

“Hallo Sohnemann! Redest du nicht mehr mit mir?”

Immer noch keine Antwort. Jetzt wurde es ihr zu dumm. Schließlich wollte sie ihrem Sprößling ja nichts Böses, sondern sich nur nach seinem Kummer erkundigen. Ohne ein weiteres Mal zu klopfen, betrat sie Leos Zimmer.

Es war übrigens ein sehr schönes Zimmer. Leo und sein Vater hatten über alle Wände eine riesige Landschaft gemalt: grasgrüne Wiesen, hellblauer Himmel mit Schäfchenwolken, eine kleine Stadt, einen Wald und viele Tiere. Autos und Flugzeuge hatten sie absichtlich weggelassen. Solche Luftverschmutzer hatten ihrer Meinung nach in ihrer “Wandlandschaft” nichts zu suchen, die gab es in Wirklichkeit ja mehr als genug.

Und nun also stand Leo in seinem hübschen, bunten Zimmer und starrte mit zitronensaurer Miene zum Fenster hinaus. Die Mutter schloß sanft die Tür hinter sich.

“Leo!”

Ihr Sohn rührte sich nicht.

“Hallo, Herr Leichtsinn junior. Darf man fragen, welche Laus dem jungen Mann über die Leber gelaufen ist?”

Endlich drehte sich Leo um.

Es war ein sehr schönes Zimmer

"Ich.. ich... ähem.." Leo räusperte sich.

"Also raus mit der Sprache, wo drückt der Schuh?" munterte ihn die Mutter auf.

Da platzte es aus ihm heraus.

"Ich möchte mal wissen, warum ich von dir nicht auch Geld bekomme, um mir mein Pausenfrühstück beim Hausmeister selbst zu kaufen?"

Jetzt war Frau Leichtsinn einen Augenblick lang ziemlich verblüfft.

"Wie bitte? Nochmal."

"Na ja", sagte Leo trotzig, "die anderen Kinder in der Schule machen das ja auch. Warum ich nicht?"

Seine Mutter hatte nun ihre Fassung wiedergefunden.

“Moment mal, Leo. Du willst mir doch nicht weismachen, daß sich alle Kinder ihr Frühstück bei eurem Hausmeister besorgen!”

“Nein, natürlich nicht alle. Aber sehr viele. Warum also ich nicht auch?”

“Ganz einfach”, antwortete sie ruhig, “erstens ist das Brot, das ich dir jeden Morgen mitgebe, viel gesünder und nahrhafter als irgendwelche süßen Naschereien und zweitens, ganz nebenbei gesagt, ist es auch billiger. Dein Vater heißt immer noch Horst Leichtsinn und nicht Dagobert Duck. Wir schwimmen doch nicht im Geld. Wieso meckerst du überhaupt, magst du denn meine Brote nicht mehr?”

Oh doch, das mußte Leo zugeben, Mutters Vollkornstullen schmeckten immer absolute Spitze. Zumal sie jeden Tag mit etwas anderem belegt waren.

“Na also, dann ist ja alles klar!” stellte Frau Leichtsinn fest. Für sie war dieses Gespräch beendet, und kopfschüttelnd verließ sie den Raum.

Trotzdem ließ die Sache Leo keine Ruhe.

Am nächsten Tag traf er im Schultreppenhaus Adam, den alle Schüler wegen seiner steinreichen Eltern und seiner verwöhnten Art ‘Luxus’ nannten.

“Grüß dich Leo! Kommst du mit zum Hausmeister-Kiosk? Ich will mir noch schnell etwas zu naschen holen.”

“Nee, nee, Luxus, keine Lust.”

“Ja aber was ißt du denn dann in der Pause?” fragte Adam und tat dabei ganz unwissend.

“Na, mein belegtes Brot”. antwortete Leo ehrlich.

“Ach wie putzig! Unser armes Mamasöhnchen ißt sein belegtes Brot, das ihm die Mutti geschmiert hat. Na, dann mach mal schön ‘Happihappi’, Bübchen!” Laut lachend verschwand Luxus in Richtung Kiosk.

Jetzt hatte Leo aber die Nase gestrichen voll. Wütend betrachtete er sein in Pergamentpapier eingewickeltes Frühstück.

“Dich esse ich heute nicht! Was die anderen können, kann ich schon lange, du blödes Brot!”

Das war natürlich ziemlich unsinnig, denn Pausenbrote eignen sich nun mal besser zum Verzehren als zum Unterhalten. So war auch diese Käsestulle kein besonders guter Gesprächspartner. Trotz Leos Wutausbruch blieb sie einfach stumm.

In der zweiten großen Pause suchte Leo den dicken Freddy aus seiner Klasse auf, den viele Kinder auch ‘Fetty’ nannten. Das fand Leo unheimlich gemein, wenngleich auch Freddy der dickste Junge an der ganzen Schule war. Er saß, wie in jeder Pause, auf den Treppen zur Turnhalle und stopfte gerade ein Puddingstückchen in sich rein. Offensichtlich hatte er noch mehr davon, neben ihm lag eine große Papiertüte.

Wie immer saß Freddy auf der Treppe

“Hallo Freddy!” begrüßte ihn Leo.

“Guten Tag Leo!” brabbelte Freddy mit vollem Mund.

Einen Moment lang zögerte Leo, dann fragte er:

“Sag mal, würdest du mir deine Puddingstückchen geben? Du bekämst dafür mein Käsebrot!”

Der Dicke überlegte kurz, dann nickte er.

“Okay, ist mal was anderes. Wenn du mir außerdem deinen Apfel gibst, bekommst du sogar noch eine Rolle Bonbons von mir!”

Leo war einverstanden und gab Freddy Brot und Apfel. Zufrieden setzte er sich neben ihn und begann, ein Stückchen nach dem anderen zu vertilgen. Und aus lauter Freude über sein gelungenes Tauschgeschäft verdrückte er dann noch die ganze Rolle Bonbons auf einmal.

In der nächsten Stunde hatte Leo Kunstunterricht, nach Sport war das sein zweites Lieblingsfach. Aber an diesem Tag war ihm so gar nicht nach Malen oder Basteln zumute. Leo war schrecklich übel, und er hatte gräßliche Bauchschmerzen. Er wurde so blaß im Gesicht, daß ihn Frau Sanftleben, seine Kunstlehrerin, nach Hause schickte.

Dort steckte ihn Frau Leichtsinn gleich ins Bett. Leo sah wirklich arg mitgenommen aus.

Zu allem Überfluß bekam er nun auch noch Zahnschmerzen. Jammernd erzählte er seiner Mutter und Oma Olga von seinem “tollen” Tausch mit Freddy.

“Kein Wunder, wenn du dein gesundes Brot gegen so etwas tauschst!” regte sich die Oma auf. “Weißt du Schlaumeier denn eigentlich, wie ungesund solche Sachen sind? Vor allem der viele Zucker, der in solchen Stückchen und Bonbons steckt. Dein Körper verträgt das nun mal nicht, und dein Bauch und deine Zähne beschweren sich jetzt natürlich bei dir!”

Oja, und wie die sich beschwerten. Leo hätte sich ohrfeigen können. Aber jetzt war es halt nicht mehr rückgängig zu machen.

‘Das passiert mir kein zweites Mal!’ dachte Leo.

Eins jedoch konnte er nicht verstehen.

“Sag mal, Oma, warum bekommt eigentlich der Freddy keine Bauch- oder Zahnschmerzen, der ißt doch den ganzen Tag so’n Zeug?”

Die Großmutter brauchte nicht lange zu überlegen.

“Der Körper gewöhnt sich an alles, leider auch an ungesunde Dinge.”

“Dann macht ihm das also nichts mehr aus?”

“Im Moment vielleicht nicht”, entgegnete Oma Olga. “Aber spätestens in einigen Jah-

Leo sah wirklich arg mitgenommen aus

ren! Wer seinen Körper mit so viel Zucker vollstopft, der darf sich später nicht wundern, wenn er oft und ernsthaft krank wird. Außerdem siehst du es ja bei Freddy, man wird dick und dicker!"

Ja, Freddy war wirklich alles andere als schlank. Und es war bestimmt oft schwer für ihn, wenn die anderen Kinder ihre spöttischen Witze über ihn machten. In diesem Moment nahm sich Leo vor, sobald er wieder fit sein würde, zu Freddy zu gehen. Er mußte ihm einfach klarmachen, daß es eine Menge leckerer Dinge gibt, die nicht nur prima schmecken, sondern auch nicht dick machen! Und die außerdem viel, viel gesünder sind als Puddingstückchen und Bonbons!

Edgars Geburtstags-Radtour

Edgar wohnte mit seinen Eltern und seinem kleinen Bruder in einem der vielen Reihenhäuser der Stadtrandsiedlung, nur wenige hundert Meter von Leos Zuhause entfernt. An diesem Tag hatte es Leo besonders eilig, seinen Klassenkameraden zur Schule abzuholen. Endlich kam Edgar aus der Haustür. "Guten Morgen, Langer, und alles Gute zum Geburtstag!" begrüßte ihn Leo.

"Morgen Kleiner, und vielen Dank auch!" antwortete der etwas zu groß geratene Edgar grinsend.

Elf Jahre alt war er nun, und selbstverständlich hatte Leo für seinen besten Freund auch ein Geburtstagsgeschenk. Er konnte es kaum abwarten, Edgar das Päckchen zu geben.

"Was ist denn da drin?" fragte dieser neugierig, als Leo es ihm mit feierlicher Miene überreichte.

"Das wirste schon sehen, mach's doch einfach mal auf."

Aufgeregt zog Edgar an der Schleife. Als er sah, was er da aus dem bunten Papier wickelte, war er sprachlos. In seinen Händen lag eine wunderschöne Marionette aus Holz. Und das Erstaunliche war, sie sah genauso aus wie Edgar! Die langen Beine, der grinsende Mund, die lange Nase, die schwarzen Locken - es war Edgar in Miniatur!

“Das bin ja ich!” rief der Lange begeistert, nachdem er seine Sprache wiedergefunden hatte. “Oh Leo, vielen, vielen Dank! Da hast du dir aber eine Menge Arbeit mit gemacht. So eine Marionette kann man ja nicht kaufen!”

“Nee, nee, kaufen kann man die nicht, das stimmt. Aber so viel Arbeit war’s nun auch wieder nicht.”

Das war geschwindelt. In Wirklichkeit hatte Leo unzählige Stunden gebraucht, um jedes einzelne Körperteil zu schnitzen, anzumalen, aus Stoffresten die Kleidung zu schneidern und aus Wolle Edgars schwarze Locken nachzumachen. Die meiste Zeit hatte er aber für’s Zusammenbauen und das Anbringen der Fäden gebraucht. Die waren mit ihrem einen Ende an den einzelnen Gliedmaßen und mit dem anderen Ende an einem kleinen Holzgestell befestigt, mit dem man die verschiedenen Körperteile des ‘Mini-Edgars’ bewegen konnte.

Das tat jetzt auch Leos Freund.

“Sieh nur, wie toll er läuft! Und wie er den Arm bewegt! Und wie er mit dem Kopf nickt! Ach Leo, das war wirklich eine ganz tolle Idee!”

Edgar strahlte über's ganze Gesicht, und Leo freute sich riesig, daß sein Geschenk dem ‘Langen’ so gut gefiel.

“Trotzdem, Edgar, wir müssen langsam mal los, sonst kommen wir noch zu spät zum Unterricht!” drängelte er.

Edgar strahlte über's ganze Gesicht

In der ersten großen Pause besprachen sie nochmal, was sie am Nachmittag alles machen wollten. Edgar hatte die ganze Klasse zu einer Fahrradtour eingeladen. Da die Sonne an diesem Maitag anscheinend extra für Edgar schien, stand denn auch der großen Fahrt nichts mehr im Wege.

Um drei Uhr nachmittags standen die Schüler der Klasse 5c mit ihren blauen, roten, gelben und grünen Rädern vor dem Haus von Edgars Eltern und warteten darauf, daß es losging. Endlich kamen Edgar und Leo aus dem Haus, bepackt mit riesigen Proviantkörben. Die hatte Frau Osterwold, Edgars Mutter, den ganzen Vormittag lang vorbereitet. So viele Vollkornbrote hatte sie in ihrem ganzen Leben noch nicht auf einmal geschmiert. Zudem hatte sie über zehn Liter Hagebuttentee gekocht, der später, wenn er kalt und mit Honig gesüßt war, als Erfrischung dienen sollte. Nachdem das alles auf Gepäckträgern und in Fahrradkörben verstaut war, setzte sich die zweiundzwanzigköpfige 'Klasse auf Rädern' unter ohrenbetäubendem Geklingel und Geschrei in Bewegung.

Als Ziel hatten sich Edgar und Leo eine Lichtung im nahegelegenen Wald ausgesucht, an der man alle möglichen Spiele veranstalten und natürlich auch picknicken wollte. Nach ungefähr einer halben Stunde hatte die 'Rad-Karawane' ihr Ziel erreicht.

Es war wirklich ein besonders schöner Platz zum Geburtstagsfeiern. Da es jedoch bei zweiundzwanzig Kindern recht schwierig war, ein Spiel mit allen gleichzeitig zu spielen, teilte sich die Klasse kurzerhand auf. Eine Gruppe spielte Fußball, eine andere Blinde Kuh und eine dritte wiederum spielte Räuber und Gendarm.

Die Klasse teilte sich zum Spielen auf

“Aber picknicken müssen wir nachher alle zusammen, okay!” rief Edgar, der ein bißchen Angst hatte, daß nun jede Gruppe nur noch für sich sein wollte.

“Na klar”, antwortete ihm Ali, “wenn wir schon kein Spiel für so viel Kinder wissen, dann sollten wir uns wenigstens nach dem Spielen zusammensetzen.”

Da fiel Leo plötzlich etwas ein, was ihm Oma Olga einmal erzählt hatte.

“Hey, hallo! Hört mal! Ich weiß doch ein Spiel,

das wir alle zusammen spielen können. Das 'Naturspiel'!"

Sofort hörte alles auf, Blinde Kuh oder Fußball zu spielen.

"Und wie geht das?" wollte der kleine Joky, der eigentlich Joachim hieß, wissen.

Die ganze 5c war nun neugierig geworden.

"Ja, erzähl mal, wie geht das?"

"Naturspiel? Davon habe ich noch nie was gehört?"

"Los, Leo, erkläre es uns!"

Leo winkte ab.

"Schon gut, schon gut. Ich will es euch ja erklären, laßt mich doch bitte mal ausreden!"

Nun wurde es wieder ruhiger.

"Also", begann Leo, "es ist wirklich ganz einfach. Jeder von euch hat eine viertel Stunde Zeit. In diesen 15 Minuten muß er so viele verschiedene Gegenstände sammeln, wie er nur finden kann. Für jedes Ding gibt es später 1 Punkt, und wer die meisten Punkte hat, der hat gewonnen."

"Wieso heißt das aber dann 'Naturspiel'?" wollte die dicke Birgit wissen.

"Weil nur Gegenstände zählen, die mit der Natur zu tun haben. Zum Beispiel eine Blume, ein kleiner Ast, ein Blatt und so weiter."

"Schon kapiert. Los, laß uns anfangen!" rief

Ali aufgeregt.

“Bevor es losgeht, noch etwas”, unterbrach ihn Leo. “Paßt auf, daß ihr nichts kaputtmacht. Keine Zweige abbrechen oder so. Auf dem Boden liegt genug ’rum!”

“Leo redet heute wie ein Lehrer, findet ihr nicht?”

Das war wieder Ali.

“Los, Leo, gib das Startzeichen!”

“Okay, okay. In 15 Minuten pfeife ich ganz laut auf zwei Fingern. Dann treffen wir uns hier zum Auszählen. Edgar und ich bleiben hier, wir sind die Schiedsrichter. Also... auf die Plätze, fertig, los!”

Wie ein aufgescheuchter Ameisenhaufen rannten die Kinder nun in alle Himmelsrichtungen davon.

Nach einer viertel Stunde gellte Leos Pfiff durch den Wald. Die Zeit war abgelaufen. Allmählich trafen alle wieder auf der Lichtung ein, so daß Edgar und Leo mit dem Zählen beginnen konnten. Es war schon toll, was die Kinder alles gefunden hatten. Farbenprächtige Blumen, kleine Tannenzweige, die verschiedensten Steine, Vogelfedern, und und und...

Ali hatte sogar einen Hirschkäfer in seiner Sammlung.

“Ein Tier ist aber kein Gegenstand”, meinte

Leo, “der zählt nicht!”

Da meldete sich die blonde Sabine zu Wort.

“Leo, sei nicht dumm. Eine Blume ist ja auch kein Gegenstand, sondern ein Lebewesen. Die ganze Natur, der Wald, das alles lebt! Ein Baum ist doch kein Gegenstand, nur weil er nicht reden oder laufen kann!”

Leo nickte verlegen.

“Ja, Sabine, eigentlich hast du recht. ‘Gegenstand’ ist vielleicht einfach nicht der richtige Ausdruck. Also gut, der Käfer zählt auch!”

Ali hatte sogar einen Hirschkäfer in seiner Sammlung

Ali lächelte Sabine zufrieden an. Überhaupt schien er das Rennen gemacht zu haben. Siebzehn verschiedene Dinge hatte er vor sich aufgereiht.

“Hat einer mehr als siebzehn?” fragte Edgar.

Nein, so viel konnte keiner aufweisen.

“Tja”, sagte Leo, “dann scheint der Gewinner ja festzustehen.”

Stolz blickte Ali sich um und hob die Hände über den Kopf.

“Jetzt fehlt nur noch der Lorbeerkranz!” lachte er.

“Moment mal!” rief plötzlich Birgit. “Dahinten kommt ja noch einer!”

Es war der kleine Joky, der zwei offenbar schwere Plastiktüten mit sich schleppte.

“Na, was hast du denn da alles gefunden?” wollte Edgar wissen, als Joky endlich vor ihnen stand.

Ohne ein Wort zu sagen, schüttete dieser den Inhalt der Tüten einfach vor den Kindern aus. Doch was da jetzt auf dem Boden lag, das war alles andere als Natur. Leere Limonadenflaschen, alte Konservendosen, Papier und zerdrückte Zigarettenpackungen. Alles lachte.

“Wieviele Punkte willst du denn dafür?” fragte Ali spöttisch.

“Natürlich keine!” rief der Kleinste der Klasse aufgebracht. “Aber als ich mitten im Suchen war, kam ich an eine Stelle, an der irgendwelche Leute gepicknickt haben, ohne danach ihren Dreck mitzunehmen. Einfach liegengelassen! Und da habe ich mir gedacht, das kann da nicht so bleiben. Das ist doch Umweltverschmutzung, wenn der Abfall hier im Wald liegt! Das, was ich für unser Spiel schon gesammelt hatte, habe ich einfach wieder weggeschmissen und dann die Stelle sauber gemacht. Oder sollte ich das vielleicht alles so lassen, wie es war?”

Das war alles andere als Natur

Jetzt war es auf einmal sehr still. Keiner lachte mehr, und einige schauten verlegen zum Boden. Denn eins war ganz klar: Joky hatte nicht nur mit der Natur gespielt, sondern wirklich etwas für sie getan! Das war mehr, als nur ein Spiel gewonnen zu haben, und wenn man so wollte, dann war Joky der eigentliche Sieger an diesem Nachmittag. Auch Ali schien so darüber zu denken. Sonst wäre er wohl kaum auf den Kleinen zugegangen um sich bei ihm für sein Gespotte zu entschuldigen.

“Tut mir leid, Joky, war nicht so gemeint, ehrlich!”

Auch die anderen, die noch vor wenigen Minuten gelacht hatten, stimmten zu, einige klopften dem Kleinen sogar auf die Schulter. Joky bekam einen knallroten Kopf. So viel Lob auf einmal hatte er noch nie bekommen.

“Ihr ... ihr ... spinnt ja!” stotterte er verlegen.

Er war richtig froh, als Edgar plötzlich rief:

“So, jetzt wird erstmal richtig gefuttert. Alles an die Picknickkörbe!”

Das mußte er nicht zweimal sagen. Sofort machten sich die Kinder über Frau Osterwolds Stullen und die Thermosflaschen mit kaltem Tee her.

Als die Klasse 5c später bei Anbruch der Dunkelheit die kleine Lichtung verließ, da war diese so sauber, als wäre nie eine Menschenseele dort vorbeigekommen.

Kinderkram

“Halbzeit! Bitte, bitte laßt uns Halbzeit machen. Ich kann nicht mehr!” keuchte Freddy flehend. Die anderen mußten zwar lachen, trotzdem mußte er sie nicht lange bitten. Erschöpft ließen sie sich am schattigen Spielfeldrand ins weiche Gras plumsen. Wie jeden Montag hatten sich die sechs fußballbegeisterten Jungen der Klasse 5c hier getroffen. Das ‘Plätzchen,’ wie sie es nannten, war kein richtiger Fußballplatz, sondern hatte eher die Größe eines Handballfeldes. Auch die Tore waren um einiges kleiner als die ‘Kasten’ auf einem normalen Bolzplatz, und so konnte man auch zu sechst oder acht ganz prima kicken. Zudem befanden sie sich hier außerhalb der Stadt, da das ‘Plätzchen’ mitten in einem Waldstück angelegt worden war.

“Mensch, Freddy, du mußt endlich dünner werden, sonst fällst du uns hier noch mal tot um!” meinte Ali in seiner etwas ungehobelten Art.

“Will ich ja, ich weiß nur nicht genau wie!” jammerte der Dicke.

“Fang doch erst mal damit an, deinen ganzen

Süßigkeitskram wegzulassen. Mir wird schon schlecht, wenn ich nur zuschaue, was du so in dich reinstopfst! Und deine Zähne sind auch nicht mehr gerade gesund", entgegnete ihm Leo, während er sich seine Turnschuhe und Socken auszog, um seine Füße in die Sonne zu strecken.

"Emmentaler ist nichts dagegen", witzelte der lange Edgar, verzog sein Gesicht, rollte mit den Augen und hielt sich mit beiden Händen die Nase zu. Alle mußten über Edgars Schauspieleinlage lachen. "Könnte ich vielleicht ein Häppchen abhaben?" wollte der kleine Joky wissen. "Aber bitte mit einem Stück Brot dazu!"

Die Jungen kugelten sich, und auch Leo, der ja hier eigentlich veräppelt wurde, bekam vor lauter Lachen kaum noch Luft. Das wurde auch nicht besser, als der sonst eher stille Manfred hinzufügte:

"Leo, zieh sofort deine Schuhe wieder an. Da hinten verlieren die ersten Bäume bereits ihre Blätter!"

So ging das minutenlang. Die sechs lagen mit hochroten Köpfen im Gras und strampelten wie Maikäfer, die man auf den Rücken gelegt hatte. Ein älterer Mann, der hier täglich seinen Spaziergang machte, blieb stehen und beobachtete kopfschüttelnd die Szene.

"Emmentaler ist nichts dagegen!"

"Denen ist wohl die Hitze nicht bekommen", grummelte er in seinen nicht vorhandenen Bart, tippte sich an die Stirn und ging seines Wegs.

Allmählich beruhigten sich die Buben. Immer noch kichernd hielten sie sich ihre wehen Bäuche.

"Mannomann, das strengt ja mehr an als die Spielerei", stöhnte Joky. Er war richtig erschöpft.

"Hört mal, Freunde, ich muß euch was Wichtiges erzählen!" Das war Günther, der da fast feierlich redete. Er war erst seit diesem Schuljahr in der 5c, da er im Vorjahr nicht versetzt worden war. Daher war er auch der Klassenälteste. Den anderen in der Klasse ging er manchmal auf die Nerven, weil er ständig seinen Altersvorsprung herausstellte. Aber so alles in allem fanden sie ihn ganz nett.

“Nächstes Wochenende fahren meine Eltern zu Bekannten in die Schweiz, da habe ich die Wohnung ganz für mich alleine. Na, ist das nix?”

Triumphierend schaute er sich um. Einen Moment lang sagte niemand etwas. Erst Edgar brach das Schweigen:

“Ja und?” fragte er und zuckte mit den Schultern.

“Ja und, ja und...” äffte ihn Günther nach. “Mensch, das ist doch die Gelegenheit für eine Fete!”

“Für eine was?” Leo hatte dieses Wort noch nie gehört.

“Oh du armer Milchbubi, eine Fete ist das gleiche wie eine Party!” fauchte Günther ihn an.

Wieder war es ganz still. Nun überlegten alle, was das denn eigentlich sei, so eine Party. Davon gehört hatte wohl jeder schon mal, die aus den höheren Klassen redeten auf dem Schulhof ja andauernd von Parties. Trotzdem, so richtig wußte keiner der Jungen Bescheid. Bisher hatten sie immer nur Kindergeburtstage gefeiert. Mit Tee und Kuchen, allen möglichen Spielen und was man sonst noch an solchen Nachmittagen so machte. Wieder war es Edgar, der in die Stille platzte.

“Ist ja gut und schön, aber wie feiert man denn eine Party?”

Günther stutzte. Daß diese ‘Knallerbsen’ sowenig darüber wußten, das verblüffte ihn. Er gab sich selbst einen Ruck.

“Also schön. Zu einer Party muß man zuerst einmal viele Leute einladen.”

“Ach, wie beim Geburtstagsfeiern!” unterbrach ihn Freddy.

Jetzt wurde Günther richtig wütend.

“Geburtstagsfeiern! Womöglich noch mit Topfschlagen und Blinde Kuh. Das ist doch alles Kinderkram!”

‘Komisch’, überlegte Leo, ‘eigentlich dachte ich, ich sei auch noch irgendwie ein Kind.’ Er traute sich aber nicht, das zu sagen. Günther fuhr mit seinen Erklärungen fort:

“Man lädt also viele Leute ein. Natürlich auch Mädchen!”

“Muß das sein?” maulte Joky. Mit Grauen dachte er an das Gegickel, das ihn jeden Morgen empfing, wenn er in den Klassenraum kam.

Günther riß nun langsam der Geduldsfaden.

“Natürlich muß das sein. Eine Party ohne Mädchen, das ist wie..wie..” Er suchte nach einem passenden Beispiel. Da half ihm Manfred kichernd weiter:

“Das ist wie Leos Füße ohne Käsegeruch!”

Sofort brach alles wieder in Gelächter aus. Nur Günther fand das gar nicht komisch.

“Ihr Blödies seid ja noch ganz grün hinter den Ohren. Also, entweder ihr kommt zu meiner Party oder ihr laßt es!” Mit diesen Worten sprang er auf, guckte sie noch einmal wütend an, drehte ihnen den Rücken zu und lief dann in Richtung Fahrradständer davon.

“Ich weiß zwar immer noch nicht, was das genau ist, so'ne Party, aber hingehen kann man ja mal”, meinte Freddy.

Die anderen Jungs nickten. Neugierig waren sie alle, das stand schon mal fest.

Am Wochenende darauf war es dann soweit. Günther hatte die ganze 5c eingeladen und die Parallelklasse dazu. Edgar und Leo fuhren mit ihren Rädern hin.

“Um zehn Uhr bist du aber wieder zu Hause”, hatte Frau Leichtsinn zu Leo gesagt. Immerhin, so lange hatte er bisher noch nie weggedurft. Aber es war ja Samstag und morgen konnte er sich ausschlafen. Auch Edgar durfte bis zehn weg. Wahrscheinlich, so überlegten die beiden Freunde, hatten sich ihre Mütter am Telefon miteinander abgesprochen.

Als sie die Wohnung von Günthers Familie betraten, schlug ihnen eine furchtbare Hitze und ein unbeschreiblicher Lärm entgegen. Eine Mischung aus lauter Musik und Stimmenwirrwarr. Doch bereits kurze Zeit später hatten sich beide daran gewöhnt, genauso wie an das dämmrige Licht.

In der Küche waren alle möglichen Getränke aufgereiht. Leo überlegte gerade, woher Günther nur das Geld für das alles herhatte, als der aufeinmal neben ihm stand.

“Grüß dich, Leo! Schön, daß du auch gekommen bist. Was willst du trinken? Wein? Bier? Limo?”

Äh, mit diesem Zuckerwasser von Limonade konnte man Leo jagen. Und Wein oder Bier? Da war Alkohol drin, und damit hatte Leo schon einmal ‘Bekanntschaft’ gemacht. Damals hatte ihn sein Vater ein Glas Wein trinken lassen. Daraufhin hatte Leo alles doppelt gesehen und war durch die Wohnung getorkelt, als würde er gerade erst laufen lernen. Dann war er über die Telefonschnur gestolpert und um ein Haar in Vaters großes Aquarium gefallen. Den Kopf hatte er jedenfalls schon drin gehabt. Nein, von Alkohol hatte er die Nase voll.

Er entschied sich für ein Glas Mineralwasser und suchte dann Edgar. Der “Lange” saß zurückgezogen in einer Ecke und sah interessiert dem bunten Treiben zu.

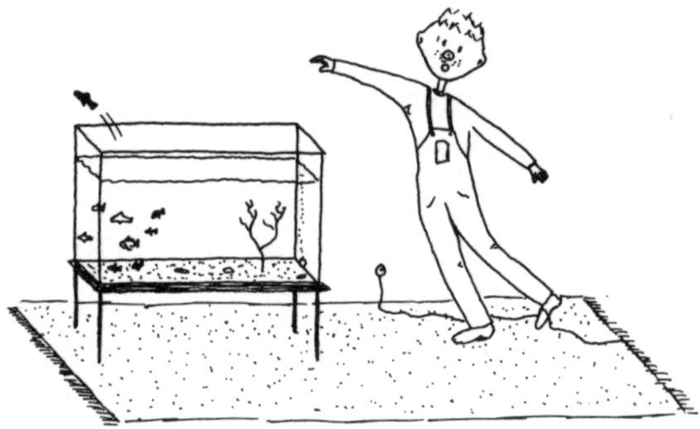

Beinah wäre er damals ins Aquarium gefallen

"Irgendwie sind die ganz anders als sonst", murmelte er.

"Wer ist anders?" fragte ihn Leo.

"Na alle. Sieh doch nur..."

Edgar hatte nicht ganz unrecht. Die meisten Kinder saßen zappelig auf Stühlen oder dem Boden und waren entweder ungewohnt still oder plapperten wie Radios, die man nicht abstellen konnte. Leo merkte es auch bei sich, es fiel ihm schwer, ruhig zu bleiben. Es war wohl das Ungewohnte, das Neue.

Im Wohnzimmer hatte Günther alle Möbel an die Seite geräumt. "Als Tanzfläche", hatte er lautstark erklärt. Jetzt tanzten wirklich zwei. Anneliese und Birgit, zwei Mädchen aus seiner Klasse, tanzten eine Art Walzer. Das paßte aber überhaupt nicht zur Musik und sah deshalb sehr witzig aus.

"Die spinnen", stellte Edgar fest. Leo nickte nur stumm. Plötzlich stand Günther vor ihnen.

"Hier, kleine Kostprobe gefällig?"

Im ersten Moment wußten beide gar nicht, was er meinte. Dann erst sahen sie in seiner Hand, die er ihnen entgegenstreckte, eine Schachtel Zigaretten.

"Na los!" forderte er sie auf. "Nur keine Angst!"

"Kleine Kostprobe gefällig?"

"Nee, nee, laß mal" antwortete Leo und drückte Günthers Hand weg.

"Also, ihr werdet euch doch wegen dem bißchen Gequalme nicht gleich in eure Höschen machen, oder?” Er lachte.

“Ach was!” reagierte Edgar wütend. Warum mußte dieser Kerl immer so überlegen tun. Auch Leo war jetzt richtig sauer.

“Weißt du”, sagte er ganz ruhig,” diese Sorte schmeckt uns einfach nicht.”

Einen Moment lang war Günther total verblüfft, und auch Edgar schaute seinen Freund ungläubig an. Günther schaltete als erster.

“Willst du damit sagen, du hättest schon mal geraucht, du Hemd?”

“Na klar, mehr als einmal”, schwindelte Leo und zwinkerte dabei Edgar unauffällig zu. Der kapierte jetzt, daß Leo dem Günther eins auswischen wollte und stimmte eifrig zu:

“Genau, wir rauchen ja dauernd. Aber diese Sorte da, igittigitt!”

Günther kochte.

“Ich glaube euch kein Wort, ihr Lügenbolde. Wenn ihr schon so oft geraucht habt, dann zeigt es mir doch mal. Wenn ihr das jetzt nicht macht, ist ja wohl bewiesen, daß ihr nur Mist erzählt. Na, die anderen werden euch schön auslachen, wenn ich denen dann von euren Angebereien erzähle!”

Oje, jetzt saßen unsere beiden Helden aber ganz dick in der Patsche. In Wirklichkeit hatten sie noch nie eine Zigarette in der Hand gehabt.

“Also, was ist jetzt? Raucht ihr, ja oder nein?” drängelte Günther und fuchtelte mit der Schachtel vor ihrer Nase herum.

“Was mach’ ich denn jetzt?” überlegte Leo. Warum hatte er bloß so ein großes Mundwerk gehabt. Unsicher schaute er Edgar an, der dachte wohl sowas Ähnliches. Auf gar keinen Fall wollten sie zugeben, daß sie noch nie geraucht hatten.

“Also gut”, sagte Edgar mit wackeliger Stimme, “dann mal her mit den Kippen!” Das Wort “Kippen” hatte er auf dem Schulhof aufgeschnappt. Ohne zu zögern, zog er eine Zigarette aus dem Päckchen. Leo war entsetzt, nun mußte er auch. Aber trotz des Schreckens war er sogar ein ganz klein bißchen neugierig. Zwar wußte er, daß Rauchen ungesund war, in diesem Augenblick aber dachte er einfach nicht daran.

Günther gab ihnen Feuer und steckte sich selbst auch eine an. Leo empfand den Geschmack schlichtweg ekelhaft und behielt den Rauch keine Sekunde im Mund. Günther war das Gepaffe anscheinend immer noch nicht genug.

“Sagt mal, warum raucht ihr beiden nicht richtig?”

“Richtig?” fragten Leo und Edgar gleichzeitig.

"Ja, richtig. Über die Lunge. Schaut, so geht das."

Günther nahm einen Zug und atmete den Rauch ganz tief ein, so als hätte er ihn verschluckt. Dann blies er ihn in einem feinen Strahl wieder aus.

"Ach so meinst du das!" Edgar winkte ab. "Für uns kein Problem, was Leo?"

Leo nickte und machte dann einen tiefen Lungenzug.

Nun mußte Leo rauchen

'Nur nicht husten, auf keinen Fall darf ich husten!' dachte er dabei. Er schaffte es, ohne zu husten und machte gleich noch einen Zug. Und dann noch einen und nochmal einen. Bis die Zigarette bis zum Filter abgebrannt war. Edgar tat genau das gleiche.

“Na also, geht ja”, grinste Günther, drehte sich um und verschwand im Nebenzimmer.

Die beiden Freunde saßen nun ganz still nebeneinander. Auch wenn man es im dämmrigen Partylicht nicht sehen konnte, ihre blaßgrünen Gesichter erinnerten an Stachelbeermus.

“Edgar, mir ist schlecht”, flüsterte Leo kleinlaut.

“Mir auch”, war die knappe Antwort.

Ohne ein weiteres Wort zu wechseln, standen die beiden Freunde auf und liefen langsam zur Wohnungstür. Draußen nahmen sie ihre Räder und machten sich sofort auf den Heimweg.

Als Leo die Tür zum elterlichen Haus aufschloß, stand Oma Olga gerade im Flur und bürstete eine Jacke aus, auf die sich Wollknäul frecherweise zum Schlafen gelegt hatte. Als sie Leo sah, fiel ihr vor Schreck die Kleiderbürste aus der Hand.

“Mein Gott, Junge, wie siehst du denn aus?!”

“Omi, mir ist so schlecht”, stöhnte Leo.

Die Großmutter hakte sich bei Leo ein und führte ihn ins Wohnzimmer. Dort mußte er sich auf die Couch legen. Herr und Frau Leichtsinn waren zu dieser Zeit beim allabendlichen Spaziergang mit Wollknäul. So waren die beiden ganz alleine.

“Was hast du denn nur gemacht? Bist du betrunken?” fragte sie besorgt.

“Nein, Omi, ich ... ich habe geraucht.”

Oma Olga wurde blaß. Dieses Thema war ihr schwacher Punkt, und das hatte einen guten Grund.

“Leo, weißt du denn nicht, woran dein Großvater gestorben ist?”

Leo nickte schwach. Doch das wußte er. Sein Opa war vor drei Jahren an Lungenkrebs gestorben. Und das, weil er geraucht hatte wie ein Schlot.

“Ich glaube, ich muß mich überge..” Leo sprang auf und taumelte ins Bad.

Die alte Dame sah ihm kopfschüttelnd nach.

Später lag Leo zwar erleichtert aber immer noch kreidebleich in seinem Bett.

“Jetzt mußt du erstmal versuchen, zu schlafen. Morgen geht's dir bestimmt schon wieder besser. Gute Nacht!”

Sie schloß die Tür hinter sich und ließ ihren Enkel mit seinem Elend allein.

Es dauerte einige Zeit bis er endlich eingeschlafen war. Doch auch im Schlaf ließ ihn das Thema nicht in Ruhe. Leo hatte einen ganz eigenartigen, schlimmen Traum:

Er saß in dem Zimmer, in dem er an diesem Abend mit Edgar zum ersten Mal in seinem Leben geraucht hatte. Plötzlich stand sein verstorbener Großvater vor ihm.

“Opa, ich denke, du bist tot”, wunderte sich Leo.

“Ich bin gekommen, um dir etwas zu zeigen. Komm Leo, komm mit mir!”

Er nahm Leos Hand und führte ihn zu einem dunklen Tunneleingang, der sich plötzlich mitten in der Wand aufgetan hatte.

“Wohin führt der?” wollte Leo wissen.

“Komm, du wirst schon sehen.”

Sanft aber entschlossen zog ihn sein Opa in die Dunkelheit. Langsam gewöhnte sich Leo an das schwache Licht der Taschenlampe, die der alte Mann in der Hand hielt. Hier sah es aus wie in einer Höhle. Aber alles war irgendwie feucht und klebrig, und der Boden, auf dem sie liefen, gab bei jedem Schritt nach wie weicher Gummi.

“Wo sind wir?” flüsterte Leo ängstlich.

“Wir sind in meinem Körper!” Der Großvater schaute Leo geheimnisvoll an. “Und ich muß dir hier etwas zeigen.”

Leo verstand überhaupt nichts mehr. Wie konnte er plötzlich im Körper seines Großvaters umherwandern, noch dazu mit ihm zusammen?! Doch bevor er länger darüber nachden-

"Wo sind wir?" fragte Leo ängstlich.

ken konnte, blieben sie auf einmal stehen. Sie standen jetzt vor einem riesigen, wabbrigen Gebilde, dessen Form Leo an den Flügel eines Vogels erinnerte. Und darauf saßen, wie verwurzelt, einzelne häßliche Geschwulste. Leo mußte sich umdrehen, so gräßlich war dieser Anblick.

"Was ist das?" fragte er angeekelt.

"Schau es dir ruhig an, Leo. Das ist meine rechte Lunge, und die häßlichen Dinger darauf, das sind Krebsgeschwüre."

Er schaute seinen Enkel aus traurigen, müden Augen an.

"Ich wollte es nie wahrhaben. Ich war sicher, daß es mich nicht erwischt."

Er deutete mit dem Finger auf die krebsverwucherte Lunge.

"Sieh dir das an, Leo. Daran bin ich gestorben!"

Das war einfach zuviel für Leo. Er bekam es mit der Angst zu tun.

"Ich will hier raus. Bring mich hier raus. Nein, nein, nein . . .!"

Als Leo aufwachte, saß sein Vater mit besorgtem Gesicht auf seinem Bettrand.

"Menschenskind, Leo. Was hast du denn geträumt! Du hast ja geschrien, als wären sie hinter dir her."

Er streichelte seinem Sohn zärtlich über den Kopf.“Ist alles wieder okay?”

Verstört schaute Leo ihn an. Langsam begriff er, daß er nur geträumt hatte. Sowas konnte ja nur ein Traum gewesen sein. Die Anwesenheit seines Vaters beruhigte ihn.

“Sag mal, Vati, hast du als Junge mal geraucht?”

Der Vater verzog die Augenbrauen.

“Aha, mein Sohn hat geraucht.” Er räusperte sich. “Ja, Leo, ich habe als Bub auch mal geraucht. Und danach war mir so hundeelend, daß ich nie mehr Lust darauf verspürt habe.”

“So geht's mir auch”, lächelte Leo ihn an. Doch dann wurde er nachdenklich. “Warum rauchen dann so viele Menschen, wenn es sie doch nur krank macht.” Der Vater seufzte und blickte Leo ernst an.

“Dafür gibt es verschiedene Gründe. Da ist zum Beispiel die Werbung, die zum Rauchen verlockt, ohne dabei Rücksicht auf die Gesundheit der Menschen zu nehmen. Hauptsache, die kaufen, kaufen, kaufen. Und obwohl man genau weiß, daß jedes Jahr Tausende von Menschen an Lungenkrebs oder anderen Raucherkrankheiten sterben, denkt wohl jeder: ‘Mich erwischt es bestimmt nicht!’ Bis sie dann feststellen, es ist zu spät.”

“Das hat Opa auch gesagt”, murmelte Leo.

“Was?”

Sein Vater schaute ihn verwundert an.

“Ach nichts, schon gut”, antwortete Leo schnell.

Herr Leichtsinn rückte seinem Sohnemann die Bettdecke zurecht. “Mein lieber Junior, ich schlage vor, du schläfst jetzt. Bist ja noch ganz blaß um die Nase. Also, gute Nacht!”

“Nacht Vati!”

Leo schloß die Augen. Aber es dauerte noch eine ganze Weile, bis er tief und fest eingeschlafen war. Immer wieder mußte er an Opa denken...

Hurra, wir kommen ins Fernsehen!

Es war die fünfte Stunde, und die Klasse 5c hatte Erdkundeunterricht. Vorne, neben der Tafel, war eine große Karte von Europa aufgehängt. Fräulein Globus, die Klassenlehrerin, stand mit einem langen Zeigestock daneben. Heute wollte sie Deutschlands Nachbarländer besprechen.

Nicht, daß Leo etwas gegen die Nachbarländer gehabt hätte, nur im Moment, da interessierten sie ihn überhaupt nicht. Leo hatte nämlich Hunger. Er hörte und sah nichts mehr, er dachte nur noch ans Essen. Zu Hause, das wußte er, erwartete ihn eine Schüssel voll frischem gemischten Frühlingssalat.

"Nur nicht dran denken", murmelte Leo. Aber das gelang ihm einfach nicht, obwohl er sich wirklich Mühe gab. Sobald er die Augen schloß, sah er sich in einer badewannengroßen Riesenschüssel voll buntem, leckeren Salat liegen. Bei dieser herrlichen Vorstellung seufzte Leo so laut, daß Fräulein Globus mitten im Satz stockte.

"Um Himmelswillen Leo, was ist denn?

Er zuckte vor Schreck zusammen.

Leo sah sich in einer Riesenschüssel voll Salat

“Och ... och ... ni ... nichts ist”, stotterte er.

“Da bin ich ja beruhigt. Wenn nichts ist, dann erzähle uns doch mal, was dir so zu unseren Nachbarländern einfällt. Zum Beispiel zu Frankreich.”

“Käse!” kam die Antwort wie aus der Pistole geschossen.

Einige in der Klasse kicherten.

“Also gut, meinetwegen Käse. Was fällt dir denn zu ... ähem ... zu Holland ein?”

“Käse!”

Das Kichern wurde nun lauter. Die Erdkundelehrerin wurde ungeduldig.

“Und zur Schweiz?”

Leo leckte sich mit der Zunge über die Lippen.

“Käse!”

Jetzt war alles zu spät. Das Lachen, das in der Klasse losbrach, erinnerte an eine mittelschwere Explosion. Die dicke Birgit rutschte vor lauter Lachen sogar vom Stuhl, was die anderen nur noch mehr begeisterte. Auch Leo selbst mußte nun lachen, obwohl er bei seinen Antworten eigentlich ganz ehrlich gewesen war. Er hatte Fräulein Globus wirklich nicht ärgern wollen. Bei seinem Hunger konnte er nun mal nur noch ans Essen denken. Aber gleich dreimal mit dem Wort “Käse” zu antworten, war wohl doch zu albern gewesen. Um so mehr er darüber nachdachte, desto mehr mußte er lachen.

Die Klasse 5c wollte sich überhaupt nicht mehr beruhigen. Fräulein Globus saß vorne und starrte mit hochrotem Kopf unentwegt auf Leo, der vor lauter Lachen mit beiden Fäusten auf dem Tisch trommelte. Langsam fand sie wieder ihre Fassung. Mit bebender Stimme ging sie nun auf ihn zu.

“Mein lieber Leopold, deine Dummheiten muß ich mir nicht bieten lassen. Das wollen wir doch mal sehen, wer von uns beiden am längeren Hebel sitzt. Ich werde...”

In diesem Augenblick ging die Tür auf und Direktor Finke trat herein.

“Ihr Unterricht scheint ja recht amüsant zu sein, liebe Kollegin. Man hört Ihre Klasse bis auf den Gang. Na, ist jetzt nicht so wichtig. Kommen Sie bitte mal mit raus, ich muß etwas mit Ihnen besprechen.”

Die Lehrerin nickte eifrig.

“Aber selbstverständlich, Herr Direktor.”

Mit eiligen Schritten folgte sie ihm nach draußen. Kaum war sie aus der Tür, da rief Ali, der eigentlich Albrecht hieß und in der letzten Reihe saß:

“Hey, Leo, willst du ein Stück von meinem Brot?”

“Warum?” fragte Leo zurück.

“Ist Käse drauf!”

Sofort brach alles wieder in Gelächter aus.

Erst als Fräulein Globus mit dem Direktor das Klassenzimmer betrat, kehrte einigermaßen Ruhe ein.

“Bitte alle mal herhören, Herr Direktor Finke hat euch etwas sehr, sehr Wichtiges zu sagen!” Aufgeregt rieb sich die Lehrerin die Hände. Der

Direktor räusperte sich erstmal. Dann strich er sich einige Male über seinen Schnurrbart.

Direktor Finke hatte etwas Wichtiges zu sagen

"Wenn der noch lange an seinem Schnauzer rumzuppelt, reißt er sich ihn aus Versehen noch ab", flüsterte Edgar Leo zu. Beide grinsten. Endlich fing der Schulchef mit seiner 'wichtigen Mitteilung' an .

"Tjam, ähem... also, meine Lieben... ähem... gestern bin ich hier in der Schule angerufen worden. Ratet mal von wem!"

"Von Ihrer Frau!" strahlte der kleine Joky ihn an. Wieder begannen einige zu kichern. Böse schaute der Direktor den Zwischenrufer an.

"Natürlich nicht. Was sollte euch das auch interessieren? Nein, jemand ganz anderes. Nun, ihr kommt ja doch nicht drauf. Und zwar von der bekannten Zahnpasta-Firma DEKADENT PLUS! Die Herren dieser Firma suchen eine Klasse, die ein halbes Jahr lang einen Zahnputztest mit ihrer Zahncreme durchführt. Nun, wir haben es uns lange überlegt, und nach einem Gespräch mit eurer Klassenlehrerin haben wir euch dazu auserwählt."

Wieder räusperte er sich und legte eine kurze Sprechpause ein. Dann sagte er lächelnd:

" Und am Ende des halben Jahres wird dann mit euch ein Werbefilm gedreht - für's Fernsehen!"

Das wirkte. Nun war die Aufregung groß.

"Hurra, wir kommen ins Fernsehen!"

"Wir werden berühmt!"

Alles schrie und plapperte durcheinander. Erst die Schulklingel machte dem Wirrwarr ein Ende. Jetzt hatten es natürlich alle furchtbar eilig, nach Hause zu kommen. Diese Neuigkeit mußte man so schnell wie möglich weitererzählen.

Das galt auch für Leo. Zu Hause war nur Oma Olga, und er war froh, es zuerst mit ihr besprechen zu können. Wie immer hörte sie ihm aufmerksam zu. Dann meinte Sie:

“Mal ganz ehrlich, wozu soll das denn gut sein! Du putzt dir doch sowieso jeden Tag zweimal die Zähne, auch ohne Test. Was bekommt denn eure Klasse für das halbe Jahr?”

“Nur die Zahnpasta und Bürsten”, antwortete ihr Enkel. “Aber das ist doch egal. Hauptsache, wir kommen mal ins Fernsehen.”

Die Oma schüttelte den Kopf.

“Nichts ist egal, Leo! Diese Leute von der Zahncreme-Firma nutzen euch doch nur aus, und ihr merkt das ja nicht mal. Glaubst du, daß ein Schauspieler umsonst in solch einem Werbefilm mitmachen würde?”

Jetzt schüttelte Leo den Kopf.

“Nee, das ist ja sein Beruf. Ist doch klar, daß der Geld dafür will.”

“Eben. Und euch bekommen sie so gut wie umsonst!”

Oma Olga und Leo redeten noch fast eine Stunde lang über die Sache. Leos Begeisterung für den Zahnputztest und den Werbefilm hatte stark, sehr stark nachgelassen. Plötzlich kam ihm eine Idee.

“Sag mal, Omili, hast du nicht Lust, morgen

mit mir in die Schule zu kommen? Da könntest du den anderen das nochmal sagen, was du mir eben erzählt hast. Och bitte, bitte!"

Zuerst wollte die Großmutter natürlich nicht. Doch Leo bettelte und drängelte, bis sie schließlich seufzte:

"Gut, ich gebe mich geschlagen. Ich komme morgen mit."

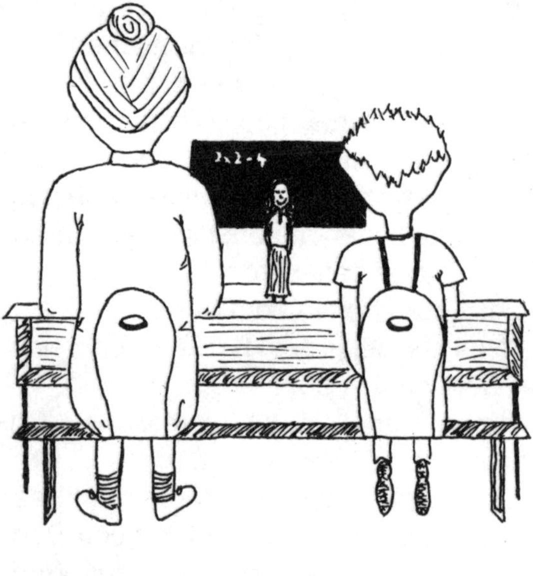

Das war vielleicht ein Bild...

Das war vielleicht ein Bild, als Leo und seine Oma am nächsten Tag nebeneinander auf der Schulbank saßen. Auch Fräulein Globus staunte nicht schlecht, als sie ihre neue 'Schülerin' sah. Nachdem sie erfahren hatte, warum sie mit Leo gekommen war, bat sie Oma Olga nach vorne, um von hier aus zu den Kindern zu sprechen.

Es war für die alte Dame schon etwas komisch, hier vor den Kindern zu stehen, die sie nun gespannt und erwartungsvoll anstarrten. Im Klassensaal war es mucksmäuschenstill. Oma Olga hatte sich vorher nicht genau überlegt, was sie sagen wollte. Einen Moment lang konzentrierte sie sich, dann hatte sie einen Gedankenblitz.

"Wer von euch hat die kaputtesten Zähne?" fragte sie.

Die Kinder schauten sie verwundert an.

"Ich glaube, ich habe die schlimmsten!" rief auf einmal Ali von hinten.

"Nee, ich!" entgegnete Joky.

"Ach wo, schaut euch mal meine an", seufzte der dicke Freddy.

"Und meine erst!" Das war Birgit.

Fast alle schienen schlechte Zähne zu haben, so ein Tumult war das.

Oma Olga hob die Hand.

“Beruhigt euch, beruhigt euch doch! Ich glaube euch ja, daß ihr alle kaputte Zähne habt!”

Langsam wurde es wieder ruhig.

Und glaubt ihr denn, daß euch der Zahnputztest eure Zähne wieder in Ordnung bringt?”

Viele schüttelten den Kopf oder zuckten mit den Schultern.

“Nein, ich putz mir die Zähne schon immer, aber es hilft kaum was”, sagte Freddy traurig.

‘Kein Wunder bei deiner Nascherei’, dachte Leo. Er behielt es jedoch für sich, um seine Oma nicht zu unterbrechen.

“Siehst du, Freddy”, meinte die Großmutter, “glaubst du wirklich, daß du oder die anderen mit schlechten Zähnen in diesem Werbefilm mitspielen dürfen? Glaubt ihr, die zeigen ein Mädchen oder einen Jungen mit schwarzen, zerlöcherten Zähne und sagen: “Dieses Kind hat sich ein halbes Jahr lang mit DEKA-DENT PLUS seine Zähne geputzt. Sie sehen, liebe Zuschauer, es hat leider nichts genutzt!”

Jetzt mußten alle lachen, selbst Fräulein Globus konnte sich ein Lächeln nicht verkneifen.

“Nein, sowas zeigen die bestimmt nicht”, meinte Manfred.

“Na seht ihr! Das alles macht diese Firma nicht, um euch einen Gefallen zu tun oder euren kranken Zähnen zu helfen. Die machen das nur, weil sie noch mehr von ihrer Zahncreme verkaufen wollen!"

Die Kinder wurden unruhig. Ali wollte es gar nicht so richtig glauben.

"Und wenn das Zähneputzen doch was hilft?"

Die Oma seufzte.

"Schön wär's, mein Junge. Ich will dir was sagen, was du und auch die anderen kaum wissen. Seit ungefähr sechzig Jahren gibt es in Deutschland eine Organisation, die heißt 'Jugendzahnpflege'. Seitdem es die gibt, predigen sie den Kindern in Heftchen und in Filmen, daß sie sich ihre Zähne putzen sollen. Trotzdem haben Tausende von Kindern, genau wie eine ganze Reihe von euch, kaputte Zähne."

Edgar war ganz durcheinander.

"Ja soll das denn heißen, wir sollen unsere Zähne überhaupt nicht mehr putzen?"

Die Großmutter schlug die Hände überm Kopf zusammen.

"Um Himmelswillen! Natürlich sollt ihr euch auch in Zukunft eure Zähne putzen. Aber das alleine genügt nicht, um euer Gebiß vor Krankheiten zu schützen."

Jetzt wollte es der kleine Joky genau wissen.

"Was macht denn unsere Zähne überhaupt

krank?"

"Bravo, eine sehr, sehr gute Frage!" lobte sie ihn. "Wie wäre es, wenn sie einer von euch beantwortet. Zum Beispiel Freddy, wie wäre es mit dir?"

Der Dicke war richtig erschrocken.

"Ich? Wieso ich?"

"Na, du hast doch gejammert über deine Zähne. Überleg mal, warum sind die wohl so schwarz?"

Freddy zuckte mit den Schultern.

"Hm, tja... also wahrscheinlich von den vielen Süßigkeiten und so.."

"Du haust das ja auch in dich rein wie das Krümelmonster!" rief Ali ihm zu. Einige mußten lachen, andere fanden es unfair, immer auf Freddy rumzuhacken. Auch Oma Olga sah das wohl so.

"Ihr könnt ihn wirklich in Ruhe lassen. Er ist ja nicht der einzige, der jeden Tag Bonbons, Schokolade, Kuchen oder Gummibärchen futtert und Limonade trinkt. Das sind alles Dinge, die eure Zähne früher oder später kaputtmachen! Und wenn ihr außerdem eure Zähne nicht mehr putzt, dann sind sie noch viel schneller futsch!"

Günther schien jetzt ein Licht aufzugehen, er hatte kapiert, auf was sie hinauswollte.

“Dann ist es wohl das Beste, wenn Kinder einfach nicht mehr so viel Süßes essen, stimmt's?”

Sie lächelte.

“Stimmt haargenau. Je weniger, desto besser!”

Puh, jetzt waren die Schüler der 5c erstmal ganz schön geschafft. Daß dieser ganze Zukkerkram so schädlich und ungesund war, das hatten sie wohl alle nicht geglaubt. Auf jeden Fall dachten die meisten jetzt ganz anders über den Werbefilm.

Fräulein Globus, die die letzte halbe Stunde still in einer Ecke des Klassenraums gesessen hatte, machte einen Vorschlag:

“Das beste wird sein, wenn ihr einfach abstimmt, ob ihr diesen Test machen wollt oder nicht.”

Gesagt - getan. Kurze Zeit später war alles klar. Neunzehn Kinder waren nun gegen den Test, und nur drei noch dafür. Also doch kein Werbefilm. Jetzt mußten sich die Leute von DEKA-DENT PLUS andere ‘Dumme’ suchen!

Für Oma Olga war es Zeit zu gehen. Am liebsten hätten die 5cler sie dabehalten, so sehr waren sie von ihr begeistert. Und erst als sie versprach, die Klasse wieder einmal zu besuchen, ließ man sie unter lautem “Tschüß!” und

“Auf Wiedersehen!” endlich gehen. Leo strahlte wie ein Honigkuchenpferd. So eine Oma hatte nun mal nicht jeder.

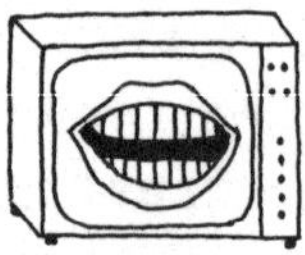

Ferien auf der Almhütte
1. Teil: Holzhackerei mit Folgen

Leo war mächtig aufgeregt. Kein Wunder, denn in ungefähr zehn Minuten lief der Zug, in dem er saß, in Obermosig ein. Das ist ein kleines Dorf in Österreich, genauer gesagt in den österreichischen Alpen. So klein, daß Du es auf keiner Karte findest!

Es war Leos erste große Reise ohne seine Eltern. Die waren mit Oma Olga und Wollknäul, seinem Hund, daheim geblieben. Sie wollten dieses Jahr nicht verreisen und statt dessen ihr kleines Haus mal wieder so richtig in Ordnung bringen. Da mußten Wände gestrichen, Keller und Speicher aufgeräumt, der Garten vom Unkraut befreit werden, und, und, und...

Natürlich hatte auch Leo dabei helfen wollen, aber Oma Olga hatte entschlossen zu ihm gesagt:

“Das kommt überhaupt nicht in Frage! Du hast nur einmal im Jahr große Ferien, und da sollst du dich erholen. Du bist in letzter Zeit sowieso dauernd so blaß. Mein Junge, du brauchst Luftveränderung!”

Dann hatte sie sich an ihren alten Schreibtisch gesetzt und einen langen Brief geschrieben. An einen gewissen Herrn Kiesl in Obermosig. Den hatte sie darin gefragt, ob Leo seine Sommerferien bei ihm auf der Almhütte verbringen dürfte. Und da Herr Kiesl und Oma Olga schon über zwölf Jahre gute Freunde waren, früher war Oma mit Opa selbst oft dort gewesen, hatte er zurückgeschrieben, daß jeder ihrer Familie bei ihm ein willkommener Gast sei.

So also auch Leo, der nun fast am Ende seiner Reise angelangt war.

'Eigentlich', überlegte er, 'hat bisher alles prima geklappt.' Ja, das stimmte. Sowohl an der Grenze von Deutschland nach Österreich als auch in Salzburg, wo er in einen anderen Zug hatte umsteigen müssen, hatte es keine Schwierigkeiten für ihn gegeben.

Der Zug drosselte nun merklich seine Geschwindigkeit. Leo drückte seine Nase gegen die Scheibe. Jetzt war er gleich da. Da hinten stand es groß und fett auf einem weißen Schild: OBERMOSIG. Nach fast neun Stunden hatte unser 'Weltreisender' sein Urlaubsziel erreicht.

Nachdem Leo aus dem Zug gestiegen war, schaute er sich erstmal um. Wo war er denn nun, dieser Herr Kiesl? Er wußte nicht mal, wie Oma Olgas Bekannter aussah. Aber irgendwie stellte Leo ihn sich so ähnlich wie den Großvater aus dem Film 'Heidi' vor: groß, weiße Haare und eine ganz tiefe Stimme. Um so verblüffter war er, als plötzlich ein kleiner, rundlicher Mann mit gezwirbeltem Schnurrbart und dicken, roten Backen vor ihm stand, einfach seine Hand nahm und sie kräftig schüttelte.

"Servus, Leo! Du bist doch der Leo, gell?"

Leo nickte.

"Ja . . . ja, de . . . der bin ich", stotterte er. "Und Sie sind der Herr Kiesling?"

"Nicht Kiesling, sondern Kiesl!" lachte der. "Na, dann wollen wir mal!"

Mit diesen Worten schnappte er sich Leos Koffer und steuerte mit raschem Gang auf den Bahnhofsausgang zu. Leo, der hinter ihm herlief, konnte sich nur schwer ein Grinsen verkneifen. Es sah einfach zu lustig aus, wie sich der kleine Mann in dem karierten Hemd und der ledernen Kniebundhose mit kleinen, aber flinken Schritten um die anderen Reisenden herummogelte.

Vor dem Bahnhof erlebte Leo die nächste Überraschung. Da stand nicht etwa ein Auto, sondern ein echter Pferdewagen mit zwei genauso echten Pferden davor.

"Darf ich vorstellen, das sind Lisa und Deifi, unsere Chauffeure! Bis zur Hütte ist's nämlich noch ein ganzes Stückerl!" erklärte Herr Kiesl.

Es waren wirklich noch einige Kilometer, und Lisa und Deifi hatten mit dem ständig ansteigenden Weg allerhand, besser gesagt allerhuf, Mühe.

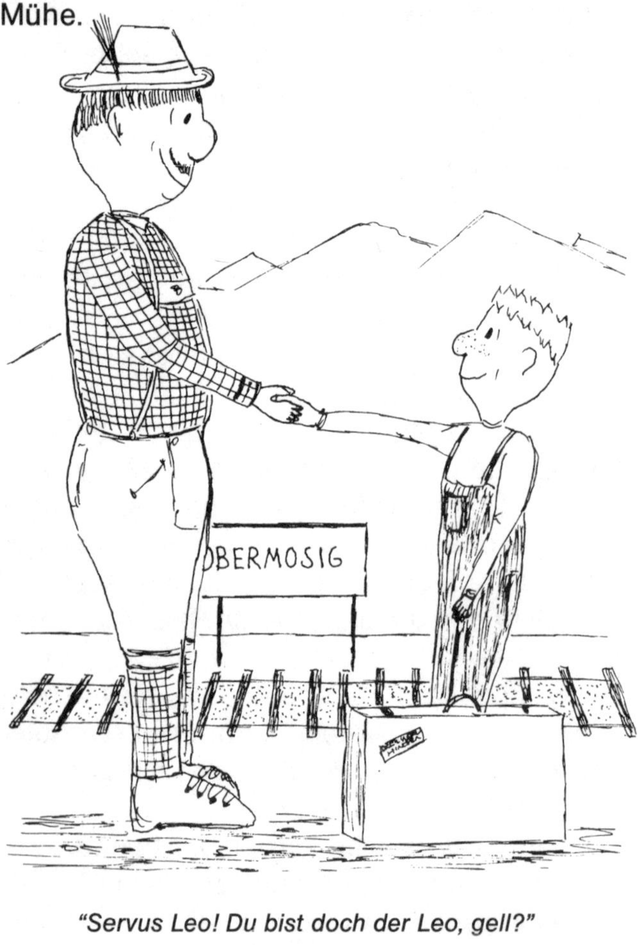

"Servus Leo! Du bist doch der Leo, gell?"

Leo war von der Landschaft, die sie durchfuhren, derart überwältigt, daß er kaum hörte, was ihm Herr Kiesl alles erzählte. Und dann diese Luft! Mit Abscheu dachte er an die Abgaswolken, die daheim den ganzen Tag über der Stadt lagen. Hier oben gab es keine Autos, keine Fabriken und, wegen der hohen Berge, auch keine Flugzeuge. Im Höchstfall sah man mal einen Rettungshubschrauber, der nach vermißten Bergsteigern oder Skifahrern suchte. Er atmete tief ein.

“Ja, Leo, das ist schon etwas anderes als in der Stadt, gell?” fragte Herr Kiesl schmunzelnd.

“Oja!” seufzte Leo. Schon jetzt begann er, sich hier wohlzufühlen.

Nach fast einer Stunde hatten sie die Almhütte erreicht. Die hatte sich der ‘Stadtjunge’ viel kleiner vorgestellt. Das war ja eigentlich schon ein richtiges Haus.

“Ich zeige dir erstmal dein Zimmer. Dann bekommst du eine anständige ‘Brotzeit’. Du bist doch bestimmt hungrig, oder?”

Und ob Leo das war! Die ganze Fahrt über hatte er vor lauter Aufregung und Vorfreude nichts essen können, aber jetzt, hier in dieser Luft, da meldete sich sein Magen bei ihm.

Von seinem Zimmer aus hatte Leo einen traumhaften Blick auf die Bergwelt, und einige

Minuten lang blieb er wie angewurzelt am Fenster stehen.

Von hier aus hatte er einen traumhaften Blick auf die Berge

Nach der 'Brotzeit', einer riesigen Portion leckeren frischen Schafskäse und knusprigem, selbst gebackenem Brot, führte ihn sein Gastgeber durch das ganze Haus und zeigte ihm die vielen verschiedenen Räume. Im Anschluß daran gingen sie hinter die Hütte, wo die Ställe lagen.

Leo stutzte. Oma hatte ihm zwar erzählt, daß es hier Tiere gab, daß es aber so viele Kühe, Schafe und Hühner sein würden, das hatte er nicht erwartet. Herr Kiesl mußte lächeln, als er das erstaunte Gesicht seines jungen Gastes sah.

"Ja, mein Junge, da guckst du, gell? Davon

lebe ich nun mal. Die Bewohner aus Obermosig kaufen ihre Milch, Butter, Eier und ihren Käse hauptsächlich bei mir. Im Dorf gibt es ja gar keine richtigen Bauernhöfe mehr, sondern nur noch Geschäfte, Gaststätten und vor allem Hotels."

"Ja machen Sie denn die ganze Arbeit alleine?" wollte Leo wissen.

"Nein, um Himmelswillen! Bei fünf Milchkühen, zehn Schafen und zwei Dutzend Hühnern würde ich das gar nicht schaffen. Da hilft mir der Franzl, das ist ein junger Mann aus Obermosig. Der hat aber zur Zeit gerade Urlaub und ist vor 10 Tagen für drei Wochen nach Italien gefahren." Der kleine, dicke Mann grinste. "Na, dafür bist du jetzt da!"

Leo zuckte zusammen. Das war also der Grund für die freundliche Einladung. Er sollte hier während seiner Ferien arbeiten, sozusagen als 'Ersatzknecht'! Davon hatte ihm keiner etwas gesagt, nicht mal Oma Olga! Er schluckte.

Doch da beruhigte ihn Herr Kiesl: "Keine Bange, das war nur ein Scherz ehrlich. Natürlich wäre ich dir sehr dankbar, wenn du mir ab und zu mal unter die Arme greifen würdest, aber in erster Linie sollst du dich hier ja erholen. Die paar Tage packe ich das auch mal ohne den

Franzl!"

Aha, das hörte sich schon anders an. Leo atmete erleichtert auf. Es war ja nicht so, daß er Herrn Kiesl nicht helfen wollte, aber er hätte es als unheimlich gemein empfunden, wenn er nur zum Arbeiten eingeladen worden wäre und dies vorher nicht mal gewußt hätte. Nun war er wieder beruhigt. Ja, er nahm sich sogar vor, seinem Gastgeber zu helfen, wann und wo er nur konnte.

Wie dringend Herr Kiesl schon bald Leos Hilfe brauchen würde, ahnte an diesem Tag noch keiner der beiden.

Die erste Nacht schlief Leo in seinem Bauernbett wie ein Murmeltier. Er träumte von Wollknäul, Edgar und leider auch von der Schule!

Am nächsten Morgen wurde Leo von lautem Jammern und Rufen geweckt.

"Hilfe! Leo! Auauau! Hilfe! Leoooo!!"

Das war doch Herr Kiesl, der da um Hilfe rief. So schnell war Leo noch nie aus dem Bett gesprungen. Noch im Schlafanzug raste er die Treppe hinunter und zur Haustür hinaus. Da hörte er es erneut:

"Hilfe! Leo!"

"Wo sind Sie?" rief Leo aufgeregt.

"Hier, hinterm Haus! Bei den Ställen!"

Leo spurtete nach hinten. Da sah er die 'Bescherung'. Herr Kiesl lag mit kreidebleichem Gesicht auf dem Boden und hielt sich sein linkes Bein. Es blutete stark. Leo zuckte erschrokken zusammen; neben Herrn Kiesl lag eine Axt!

Herr Kiesl lag auf dem Boden und hielt sich sein linkes Bein

"Es ist meine eigene Schuld", jammerte dieser, "ich habe Holz gehackt und einen Moment lang nicht aufgepaßt. Schon habe ich mir ins Bein gehauen! Das sowas ausgerechnet mir passieren muß! Aaaah...!" Er stöhnte vor Schmerzen.

Leo war bestimmt nicht feige oder jemand, der gleich die Nerven verlor. Aber im Moment wußte er beim besten Willen nicht, was er machen sollte.

“Was kann ich denn jetzt nur tun?” fragte er verzweifelt.

“Paß auf, Junge”, antwortete Herr Kiesl mit gepreßter Stimme, “Verbandszeug ist im Haus, in der Küche! Hol’ das erstmal!”

Leo flitzte zur Hütte und war kurz darauf schon wieder zurück. Er stellte den Verbandskasten auf den Boden und öffnete ihn. Darin befanden sich Mullbinden, Pflaster und eine Schere.

“Da ist ja gar keine Wundsalbe drin”, stellte Leo fest.

“Iwo, so’n chemisches Zeugs brauche ich hier oben nicht. Paß auf...” Einen Augenblick lang verzog Herr Kiesl vor Schmerzen sein Gesicht.”... Während ich mir die Wunde verbinde, mußt du etwas ganz Wichtiges besorgen!”

Er deutete in Richtung Obermosig.

“Wenn du den Weg ins Dorf hinunterläufst, kommst du nach ungefähr 500 Metern an einen Knick. Direkt hinter diesem Knick wachsen rechts und links im Graben Pflanzen mit so länglichen, ovalen Blättern. Genau diese Blätter brauchen wir. Wenn du sie hast, komm wieder her. Du mußt sie allerdings noch kurz mit klarem Wasser säubern, bevor wir sie verwenden können! Hast du alles verstanden?"

Leo nickte. Alles verstanden hatte er zwar nicht, aber ihm war klar, daß jetzt nicht der richtige Zeitpunkt war, um Fragen zu stellen. Was meinte Herr Kiesl nur mit 'verwenden'?

'Egal, erstmal los!' dachte Leo und machte sich rennend auf den Weg.

Nach rund zehn Minuten kniete er mit den gewaschenen Blättern wieder neben dem Verwundeten. Herr Kiesl nahm nun vorsichtig seinen behelfsmäßigen Verband ab. Jetzt lag die Wunde wieder frei. Sie blutete immer noch stark. Leo wurde es ganz anders, als er den langen Schnitt erstmals aus der Nähe sah.

"Tapfer bleiben, Junge! Es wird schon wieder. Hilf mir mal, die Blätter zu zerreiben. Am besten mit Daumen und Zeigefinger".

Leo tat, was ihm Herr Kiesl gesagt hatte. Dann legte er das Zerriebene behutsam auf die Wunde und wickelte einen frischen Verband darum.

"Ganz toll, wie du das machst!" lobte ihn sein 'Patient', der sich alle Mühe gab, ein wenig zu lächeln.

"Helfen diese Blätter denn?" fragte Leo.

"Und wie, mein Junge, und wie! Die sorgen dafür, daß die Wunde schneller verheilt und vor allem erstmal nicht mehr so blutet! Wirst sehen..."

"Ganz toll, wie du das machst!" lobte ihn sein 'Patient'

Leo half ihm nun, langsam aufzustehen. Er mußte schon seine ganze Kraft aufbringen, um den nicht gerade leichten Mann stützend bis zum Haus zu geleiten. Schließlich, wenn auch mit Mühe, erreichten sie den Wohnraum. Da lag nun der arme Herr Kiesl auf seinem alten Sofa.

"Menschenskind, Leo. Was hätte ich nur ohne dich gemacht? Du bist mein Retter gewesen!"

Leo zuckte verlegen mit den Schultern. Dann fragte er: "Und wie geht's jetzt weiter? Soll ich nicht lieber einen Arzt holen? Die Wunde muß doch bestimmt genäht werden?"

"Warten wir erstmal ab, wie die Kräuterblätter

wirken. So tief ist der Schnitt nun auch wieder nicht."

"Was ist das überhaupt für eine Pflanze?" wurde Leo nun neugierig.

"Das ist der sogenannte Spitzwegerich. Der wächst hier oben vor allem in Gräben und auf Wiesenwegen. Glaube mir, ein besseres Heilmittel gibt es für sowas nicht!"

Zwar wußte Leo von Oma Olga, daß man mit Kräutern eine ganze Menge Krankheiten behandeln konnte, aber das hier war doch etwas anderes, als wenn ihm die Großmutter bei Bauchweh einen Kräutertee kochte. Ob das bei solch einer Wunde helfen würde? Leo wollte nicht so recht daran glauben.

Wie auch immer, jedenfalls hatte sich Leo seinen ersten Ferientag auf der Almhütte ein wenig anders vorgestellt!

Spitzwegerich

Ferien auf der Almhütte
2. Teil: "Das habe ich doch noch nie gemacht!"

Was auf Leo in den nächsten Tagen alles zukommen sollte, hätte er sich in seinen kühnsten Träumen nicht vorstellen können. Fest stand, daß Herr Kiesl mit seiner Verletzung mindestens drei, vier Tage ans Bett gefesselt war, und fest stand auch, daß sich die Arbeit auf der Hütte nicht von selbst erledigte. Vor allem die in den Ställen mußte gemacht werden. Und da Herr Kiesl flachlag, sein Gehilfe Franzl noch irgendwo in Italiens Sonne schmorte und ansonsten weit und breit keine Menschenseele zu erreichen war, kam nur noch einer für die fällige Arbeit in Frage. Und der hieß Leo Leichtsinn!

Es war der Morgen nach dem Tag, an dem der Unfall passiert war. Leo stand neben Herrn Kiesls Bett und kratzte sich verlegen am Kopf.

"Womit soll ich denn jetzt anfangen?" fragte er seufzend.

"Am wichtigsten sind die Tiere, alles andere ist nicht so dringend. Du mußt sie füttern und, ähem... was vielleicht nicht so ganz einfach ist...", er stockte und versuchte zu lächeln,

"... und du mußt auch die Kühe melken, Leo!"

Leo glaubte seinen Ohren nicht recht zu trauen.

"Ich ... ich soll was?!"

"Du hast schon richtig gehört. Die Kühe melken, M E L K E N! Sie sind gestern früh zum letzten Mal gemolken worden."

"Ja, aber, aber..das habe ich doch noch nie gemacht. Ich kann das doch gar nicht! Ich..!"

Leo war völlig verzweifelt. Das war einfach zuviel für ihn. Die Tiere füttern, das ging ja noch. Auch die Ställe ausmisten oder so, das war ja alles halb so wild. Aber wildfremde Kühe melken. Vielleicht wollten die gar nicht von ihm gemolken werden. Jawohl, wahrscheinlich würden sie ihn anfallen oder mit ihren Schwänzen schlagen, sobald er sich ihnen näherte!

Herr Kiesl ahnte, was im Kopf seines jungen Gastes vorging. Beruhigend redete er zu Leo:

"Hör mal, Junge, das sind Milchkühe. Die sind es gewohnt, jeden Tag zweimal, nämlich morgens und abends gemolken zu werden. Wenn man das nun auf einmal über mehrere Tage nicht tut, bekommen sie furchtbare Schmerzen, weil ihre Euter zu voll und schwer sind und ganz dick anschwellen. Es muß einfach gemacht werden!"

Leo hatte verstanden. Er nickte.

“Schon gut, ich seh’s ja ein. Ich mache es schon.” Dann zuckte er mit den Achseln. “Aber wie?”

Herr Kiesel atmete auf.

“Setz dich erstmal hin. Ich erkläre dir jetzt in aller Ruhe, was du tun mußt. Es ist wirklich nicht so schwer...”

Nach ungefähr zehn Minuten wußte Leo alles Wichtige über das Melken. Jetzt mußte er es nur noch in die Tat umsetzen. Mit zittrigen Knien stand er auf.

“So, dann werde ich jetzt mal in den Stall gehen!” sagte er und gab sich alle Mühe, fest und laut zu sprechen.

Herr Kiesl schüttelte den Kopf.

“Das wird dir im Moment nichts nutzen, wenn du in den Stall gehst, Junge.”

“Wieso denn nicht?”

“Weil die Kühe noch auf der Weide sind!”

“Was?!”

Leo mußte sich wieder setzen. Auch das noch! Jetzt sollte er diese riesigen Tiere auch noch von der Weide in den Stall bugsieren. Herr Kiesl mußte nun fast lachen.

“Mein Gott, zieh doch nicht so ein Gesicht. Du brauchst nur das Gatter aufzumachen und sie ein bißchen aufscheuchen. Die finden den Weg ganz alleine!”

“Na, dann ist ja alles kinderleicht,” stöhnte Leo. Am liebsten hätte er sich in Luft aufgelöst. Aber so sehr er sich das in diesem Moment auch wünschte, er blieb da, wo er war. Ohne länger zu zögern, stand Leo nun auf und machte sich direkt auf den Weg zur Weide. Die lag ungefähr zwei Kilometer von der Hütte entfernt, und unterwegs dachte Leo mehrmals an Flucht. Aber das wäre gemein gewesen, den armen Herrn Kiesl einfach in der Hütte liegenzulassen. Und die Kühe. Vielleicht würden sie vor lauter Milch platzen! Er stellte sich vor, wie die Kühe langsam immer runder und runder würden und dann plötzlich wie zu dick aufgeblasene Luftballons zerplatzen. Bei diesem Gedanken mußte Leo doch grinsen.

Nun war er an der Weide angelangt. Er öffnete das Gatter. Es duftete herrlich nach frischem Klee und am liebsten hätte er sich hier fallen lassen. Alle fünf Kühe lagen dicht beieinander und schauten ihn gelangweilt und gemütlich kauend an. Da waren sie also, die gefährlichen ‘Bestien’! Plötzlich fiel Leo der Raubtierdompteur ein, den er vor wenigen Wochen in Frankfurt im Zirkus gesehen hatte. Genau wie der mit seinen schwarzen Panthern, so würde er es auch machen. Man durfte vor allem keine Angst haben. Oder zumindest nicht zeigen! Mutig

"Hussa, hussa! Los ihr Monster! Auf geht's!

rannte Leo auf sie zu.

“Hussa, hussa! Los ihr Monster! Auf geht’s! Bewegt euch! Tempo! Los!”

Einen Augenblick lang blickten ihn die ‘Bestien’ verdutzt an, dann erhoben sie sich jedoch recht eilig und erschrocken. Sofort, ohne daß Leo hätte eingreifen müssen, setzten sie sich in Richtung Gatter in Bewegung. Es war, wie Herr Kiesl gesagt hatte. Sie fanden den Weg auch alleine. Schnurstracks trotteten sie zu ihrem Stall. Dort staunte Leo nicht schlecht, als jedes der Tiere auf Anhieb in die eigene Box fand.

“So, das wäre wenigstens schon mal geschafft”, sagte Leo zu sich selbst. Nun aber kam der sicherlich schwierigere Teil der Aufgabe. Als erstes holte er aus einer Ecke des Stalls einige Eimer und einen Melkschemel. Herr Kiesl hatte ihm erklärt, daß er sich dieses Ding, das nur ein Bein hatte, umschnallen mußte. So brauchte er nur noch die Eimer von Kuh zu Kuh tragen.

So, nun konnte es ja losgehen. Nein, noch etwas hätte Leo beinah vergessen: das Futter.

“Kühe, die gemolken werden, müssen immer etwas zu fressen in ihrem Futtertrog haben, damit sie abgelenkt sind”, hatte Herr Kiesl gesagt. Denn wenn auch das Melken die Kuh erleichterte, angenehm war es ihr trotzdem ganz sicher nicht.

“Nun ran an den Speck”, murmelte Leo, als er sich neben der ersten Kuh niederließ. Dann sagte er etwas lauter: “Guten Tag, Frau Kuh. Ich bin der Leo aus Dreilinden und, ob Sie es glauben oder nicht, ich soll Sie jetzt melken. Leider habe ich das noch nie gemacht. Also bitte nicht schimpfen. Sonst wird noch die Milch sauer!”

Offensichtlich hatte die Kuh nur wenig Lust, sich mit ihm zu unterhalten, denn ohne ihn eines Blickes zu würdigen, mampfte sie ihr Grünfutter in sich rein. Vorsichtig schob Leo den Eimer unter das Euter. So nennt man diesen großen Beutel, den die Kuh knapp vor den Hinterbeinen hängen hat. Das Euter hat vier Zitzen, die aussehen wie kurze, dicke Schläuche. Daraus kommt die Milch, die sich im Euter sammelt. Übrigens saugt daran auch ein Kälbchen, solange es noch von der Mutter gestillt wird. Leo hauchte nochmal in die Hände, denn welche Kuh auf der ganzen Welt würde es schon als angenehm empfinden, mit kalten Fingern gemolken zu werden!

Ganz sachte umfaßte Leo nun zwei der vier Euter.

“Immer gleichmäßig abwechselnd, und das Schwergewicht auf die Daumen legen!” Genau so hatte Herr Kiesl es ihm erklärt. Langsam begann er nun am Euter auf- und abzufahren. Erleichtert stellte er fest, daß die Kuh sich auch jetzt nicht stören ließ. Der Inhalt ihres Futtertrogs schien nach wie vor interessanter für sie zu sein. So weit lief also alles prima, nur eins fehlte noch: die Milch. Minute um Minute verging, und nichts tat sich. Leo war drauf und dran die ganze Sache aufzugeben.

“Nun stell’ dich nicht so an, rück’ endlich die Milch raus! Oder willst du vielleicht platzen, du dummes Vieh?”

Nein, platzen wollte sie doch offensichtlich nicht, denn auf einmal klappte es. Leo zuckte richtig zusammen, als die ersten Milchspritzer in den Eimer gingen. Am liebsten hätte er geschrien vor lauter Freude. Er, Leo Leichtsinn, molk soeben zum ersten Mal in seinem Leben eine Kuh!

Seine Angst war nun wie weggeflogen. Auch die anderen Kühe schienen es ihm nicht allzu schwer machen zu wollen und ließen sich bereitwillig ‘anzapfen’. Leo war durch sein Erfolgserlebnis so aufgedreht, daß er übermütig auf die Tiere einredete.

“Los, du Milchtankstelle, einmal Milkshake mit Erdbeergeschmack!”

Aber das konnte ihm natürlich keine der fünf

bieten.

"Los, du Milchtankstelle, einmal Milchshake mit Erdbeergeschmack!"

Als nach fast vier Stunden auch die letzte Kuh gemolken war, schleppte Leo die Eimer auf den Hof. Dort schüttete er den Inhalt in große Kannen, um diese dann auf den Pferdewagen zu laden. Denn jetzt mußte die frische Köstlichkeit ja schleunigst zu Herrn Kiesls Kunden nach Obermosig gebracht werden. Als alles verstaut war, rannte er ins Haus zu Herrn Kiesl und berichtete ihm stolz von seinem Erfolg. Seinem Gastgeber fiel ein Stein vom Herzen.

"Leo, weißt du, wie man jemanden wie dich hier bei uns nennt?"

Ohne Leos Antwort abzuwarten, klopfte er ihm kräftig auf die Schulter und sagte im besten österreichischen Akzent:

“Einen Pfundskerl!”

Sofort bekam der ‘Pfundskerl’ einen tomatenroten Kopf, und um abzulenken, fragte er schnell, wie das denn mit dem Pferdeeinspannen gehe.

Herr Kiesl erklärte ihm, wo Halfter und Zügel im Stall hingen und wie er sie befestigen mußte.

“Und mach dir um die Fahrerei keine Sorgen, Lisa und Deifi kennen den Weg nach Obermosig in- und auswendig. Die wissen, wo’s lang geht!”

“Wie die Kühe”, antwortete Leo.

“Genau, wie die Kühe”, lächelte ihn der kleine, rundliche Mann an. Dann schrieb er Leo noch die Namen der Kunden auf, die er beliefern sollte. Eine halbe Stunde später war Leo startklar.

“Na dann Hüh, ihr zwei!” rief er, und schon setzten sich die beiden Gäule gemächlich in Bewegung.

In Obermosig verlief alles ohne Probleme. Verständlich, daß sich alle nach Herrn Kiesl erkundigten und ihm, als sie von seinem Unfall hörten, gute Besserung wünschen ließen. Fast jeder versprach, in den nächsten Tagen einmal vorbeizuschauen, und gab Leo irgendein kleines Geschenk für den Verletzten mit.

Noch bevor die Dämmerung einsetzte, erreichte Leo mit leerem Wagen und Geld in den Taschen die Hütte. Ohne sich nun erst einmal auszuruhen, begann er mit Stallausmisten, Tiere versorgen und Eiereinsammeln. Zwischendurch schaute er immer wieder nach Herrn Kiesl. Dem ging es zwar schon etwas besser, aber ohne Leos Hilfe konnte er nun doch noch nicht umherlaufen.

Nach dem Abendbrot setzte sich Leo auf die Holzbank vor der Küche. Von hier aus hatte er einen herrlichen Blick auf das Tal, das jetzt im Licht der untergehenden Sonne aussah, als hätte man es in Orangenmarmelade getaucht. Bisher hatte er vor lauter Aufregung und Arbeit gar keine Zeit gehabt, an zu Hause zu denken, aber jetzt hatte er doch ein bißchen Heimweh. Er dachte an seine Familie, die daheim das Haus auf den Kopf stellte, während er hier oben war. Naja, ein schlechtes Gewissen mußte er deswegen nun wirklich nicht haben, gefaulenzt hatte er nicht gerade!

'Schade, daß sie nicht auch hier sind.'

Leo schloß die Augen und atmete ganz tief ein.

"Die Luft hier oben macht einen ganz schön müde...", hörte er sich selbst noch sagen - kurz darauf war er fest eingeschlafen.

Drei Tage später, nach einer Reihe von

'Spitzwegerich - Spezialbehandlungen', war Herrn Kiesls Wunde so gut verheilt, daß er schon wieder herumlaufen und Leo einen Teil der Arbeit abnehmen konnte. Leo mochte es selbst kaum glauben. Das mußte er daheim unbedingt Oma Olga erzählen. Vielleicht hatte sie ja noch ein Plätzchen frei in ihrem Kräuterbeet. Der Spitzwegerich würde dort bestimmt gut wachsen.

'Dann müßte ich mir nicht auf jede Wunde gleich irgend so eine chemische Salbe draufschmieren'" überlegte er und dachte mit Grausen an den schlimmen Hautausschlag, den er vor einigen Wochen bekommen hatte. Und zwar nachdem er eine Sportverletzung mit solch einer Wundsalbe behandelt hatte.

Eine Woche später kam der Franzl von seinem Italien-Urlaub zurück, und da auch Herr Kiesl wieder völlig gesund war, hatte Leo eigentlich endlich mehr Zeit zum Faulenzen. Trotzdem packte er immer wieder mit an, es machte ihm einfach Spaß, den beiden bei der Arbeit zu helfen. So verging die Zeit auf der Hütte wie im Fluge, und der Tag der Abreise rückte in rasender Geschwindigkeit näher und näher. Leo versuchte, gar nicht daran zu denken. Doch dann war es soweit. Als die drei, wie jeden Tag, beim Mittagstisch saßen, sagte Herr Kiesl plötzlich mit ernster Stimme:

"Leo, denk bitte daran, daß du heute abend deinen Koffer packen mußt. Morgen früh bringe ich dich runter zum Bahnhof, gell?"

Leo zuckte zusammen. Fünf Wochen war er hier gewesen, aber sie erschienen ihm wie höchstens fünf Tage. Sicher, auf 'seine Leute' zu Hause freute er sich natürlich sehr. Und die freuten sich auch ganz bestimmt auf ihn. Aber andererseits war er hier oben richtig glücklich. Mit Herrn Kiesl und dem Franzl hatte er sich ganz toll verstanden, und auch die Tiere hatte er richtig liebgewonnen.

Es half nichts, am nächsten Tag hieß es Abschied nehmen. Leo gab sich alle Mühe, aber als er samt Koffer auf dem Pferdewagen saß und sich Lisa und Deifi in Bewegung setzten, da konnte er die Tränen einfach nicht mehr zurückhalten. So war denn auch sein letzter Blick auf die Almhütte und den winkenden Franzl ganz verschwommen. Herr Kiesl tat so, als wäre er zu sehr mit dem Kutschieren des Wagens beschäftigt, um Leos Kummer zu bemerken. Als sie schon ein gutes Stück gefahren waren, sagte er plötzlich:

"Sag mal, Leo, wie ist das eigentlich nächstes Jahr im Sommer. Der Franzl will dann nämlich für mindestens fünf Wochen zu Verwandten nach Amerika. Da könnte ich dich auf der Hütte schon sehr gut brauchen."

Leo warf einen letzten traurigen Blick auf die Almhütte

Das tat gut. Sofort verschwanden die Tränen aus Leos Gesicht.

"Na, wenn Sie mich brauchen, komme ich natürlich. Das ist doch Ehrensache!"

"Jawohl, das ist Ehrensache!" lachte da Herr Kiesl und schlug sich vergnügt auf seine Lederhose, daß es nur so knallte.

"Außerdem", er zwinkerte Leo zu, "weiß man nie, was einem so alles passieren kann. Zum Beispiel beim Holzhacken."

Leo schüttelte sich. Er mochte nicht daran denken, was Herr Kiesl ohne jede Hilfe gemacht hätte. Der schien seinen Gedanken erraten zu haben.

"Daß du da warst, das war Glück im Unglück, mein Junge!"

Leo mußte grinsen.

“Sonst lägen Sie wahrscheinlich immer noch im Gras, und die Kühe... die wären längst geplatzt!”

Was sind denn “Freie Hühner”?

“Leo! Wo steckst du denn? Leoooo!”

Frau Leichtsinn stand im Flur und lauschte. Keine Antwort.

“Leo! Kuckuck, Sohnemann!”

Nichts rührte sich. Sie runzelte die Stirn. Wo mochte der Lauser denn bloß sein?

‘Vielleicht im Garten’, überlegte sie. Eilig lief sie nach hinten auf die Veranda.

“Leooooo!”

“Wawuff!”

Das war zwar wohl kaum Leo, aber immerhin eine Antwort, wenn auch nur von Wollknäul. Und wenn der Hund da war, konnte ihr Junge auch nicht weit sein. Jetzt mußte sie nur noch herausbekommen, woher das Bellen kam.

“Wollknäul, gib Laut, los!”

Der Hund ließ sich nicht zweimal bitten.

“Wawuff! Wawuff!”

Aha, in der ‘Villa Holz’ waren die beiden. Das war der kleine Schuppen am Ende des Gartens, den Leo und sein Vater letzten Sommer aus Brettern zusammengezimmert hatten und dann so komisch ‘getauft’ hatten. Nach wenigen Schritten hatte Frau Leichtsinn ihn erreicht und öffnete die knarrende Tür. Das Bild, das sich ihr bot, ließ sie schmunzeln. Leo saß im Schneidersitz mitten in einem Gewühl von Holzlatten, Schrauben, Teilen eines zerlegten Kinderwagens, Stoffresten und Werkzeugen. Er wollte eine Seifenkiste bauen und war so sehr in seine Bastelei vertieft, daß er seine Mutter gar nicht bemerkt hatte. Neben ihm, ebenfalls mitten in dem Durcheinander, lag Wollknäul und bellte die Besucherin fröhlich an.

Das Bild, das sich ihr bot, ließ Frau Leichtsinn schmunzeln

"Sei doch mal ruhig, du Nervensäge", murmelte Leo, während er gerade versuchte, mit aller Kraft eine Schraube festzuziehen.

Frau Leichtsinn war klar, daß ihr Sohn sie noch gar nicht wahrgenommen hatte. Um ihn nicht zu erschrecken, sagte sie deshalb beinahe schon flüsternd:

“Hallo, Leolein.”

Die Folge dieser eigentlich doch vorsichtigen Anrede läßt sich kaum beschreiben. Für Leo mußte die plötzliche Stimme wie der Knall eines platzenden Luftballons gewirkt haben. Jedenfalls erschrak er so stark, daß er laut aufschrie und die Arme hochriß. Dabei ließ er den Schraubenschlüssel los, der flog quer durch den Schuppen und zerschlug schließlich das einzige Fenster. Mit weit aufgerissenen Augen und offenstehendem Mund starrte Leo seine Mutter an. Die wiederum war über den fliegenden Schraubenschlüssel selbst so erschrokken, daß sie schnell die Hände vor ihr Gesicht geschlagen hatte. So verharrten sie jetzt mehrere Sekunden, als wären sie zu Stein erstarrt. Langsam kamen beide wieder zu sich.

“Puh, Mutti, hast du mir einen Schrecken eingejagt”, stöhnte Leo.

“Das tut mir leid, Junge. Ich konnte ja nicht wissen, daß du gleich mit Werkzeug um dich schmeißt.”

Frau Leichtsinn war richtig schlecht geworden. Sie setzte sich auf eine alte Apfelsinenkiste. In diesem Moment tippelte Wollknäul zur Tür herein. Mutter und Sohn hatten in der Hektik gar nicht mitbekommen, wie er hinausgeflitzt war. Im Maul trug er stolz den Schraubenschlüssel. Leo schüttelte lachend den Kopf.

“Komm, du Chefmechaniker. Gib das Werkzeug dem Herrchen!”

Wollknäul dachte aber gar nicht daran, seine tolle Eroberung so ohne weiteres wieder abzugeben. Knurrend drehte er sich um, trabte zur Tür raus und verschwand hinter den Brombeersträuchern. Dort fing er sofort an, ein Loch zu buddeln. Ganz klar, hier wollte er seinen ‘Metallknochen’ erstmal verstecken. Leo sah ihm nach und merkte sich die Stelle. Bei der nächstbesten Gelegenheit würde er sich den Schlüssel zurückholen.

“Warum ich dich überhaupt suche, Leo”, sagte Frau Leichtsinn, die sich nun langsam wieder erhob. “Ich wollte dich bitten, für mich kurz mal einkaufen zu gehen. Es ist schon nach sechs, und die Geschäfte machen bald zu. Es sind nur ein paar Sachen, ja!”

Bevor Leo ihr klarmachen konnte, wieviel lieber er jetzt eigentlich an seiner Seifenkiste weitergewerkelt hätte, drückte sie ihm einen Einkaufszettel und zwanzig Mark in die Hand.

“Also, du machst dich am besten gleich auf die Socken. Bist ein Schatz!”

Tja, da konnte man nichts machen.

“Komm, Wollknäul, Gassi gehn”, seufzte er.

Vor dem Lebensmittelgeschäft band er Wollknäul an, Hunde durften nun mal nicht mit rein. Drinnen nahm er sich einen Einkaufswagen, um dann die Regale nach dem abzuklappern, was auf Frau Leichtsinns Zettel stand. Bald hatte er alles zusammen, nur die Eier fehlten noch. Als er das Regal gefunden hatte, verwirrte ihn das breite Angebot an großen und kleinen, braunen und weißen Eiern. Was ihn aber noch mehr verwunderte, war ein Pappschild, das vor einer bestimmten Marke aufgebaut war. Darauf stand: “Eier aus Bodenzüchtung. Kaufen Sie nur Eier von freien Hühnern!”

Was war denn das, ‘freie Hühner’? Wie sich das anhörte. Was waren denn dann ‘unfreie Hühner’? Leo mußte lachen. Waren die vielleicht im Gefängnis?

Er nahm eine Packung mit 10 Stück, legte sie in den Wagen und steuerte dann, immer noch grinsend, in Richtung Kasse.

Als er zu Hause ankam, traf er vor der Tür seinen Vater, der gerade von der Arbeit heimkam. Sobald sie im Haus waren, erzählte er ihm von dem ulkigen Schild. Zu seiner Überraschung konnte sein Vater darüber gar nicht lachen, sondern wurde sehr nachdenklich, ja fast ein bißchen traurig.

Was war denn das, "Freie Hühner"?

"Unter 'freien Hühnern' oder 'Bodenhühnern' versteht man solche, wie du sie zum Beispiel bei Herrn Kiesl auf der Hütte erlebt hast. Solche, die nachts im Hühnerstall schlafen und tagsüber auf dem Hof herumgackern. Und so ist es ja auch gut. Leider gibt es aber heute sowas kaum noch. Heute..."

Er machte eine kurze Pause.

"Ach, was soll ich dir viel erzählen. Das beste wird sein, du siehst dir so eine 'Tierfabrik' selbst mal an. Morgen ist Samstag, da muß ich ja nicht arbeiten. Da fahren wir zusammen hin."

"Ja, ist... ist gut", stotterte Leo, der jetzt ganz durcheinander war.

Was meinte sein Vater denn mit 'Tierfabrik'? Und warum war er nur so ernst gewesen? Was wollte er ihm denn morgen zeigen? Fragen über Fragen, die Leo ganz zappelig machten. Er ahnte, daß ihn nichts Gutes erwartete.

Am nächsten Morgen machten sich die Herren Leichtsinn senior und Leichtsinn junior direkt nach dem Frühstück per Auto auf den Weg.

Leo fühlte sich richtig unbehaglich.

"Nur damit du schon mal Bescheid weißt, das, was ich dir zeigen werde, ist alles andere als schön", hatte sein Vater zu ihm gesagt.

Sie fuhren ca. zwanzig Minuten Landstraße, dann bog Herr Leichtsinn rechts ab auf einen Feldweg. Da sah Leo auch schon das Schild:

“Um dir den Laden zeigen zu können, muß ich dort natürlich auch Eier kaufen. Nicht, daß du dich wunderst”, sagte Herr Leichtsinn.

Leo wurde immer unruhiger. Was sollte denn auf einer Hühnerfarm schon so schrecklich sein?

Sein Vater stellte den Wagen im Innenhof der Farm ab. Kaum waren sie ausgestiegen, da kam auch schon aus einem flachen Gebäude ein älterer Mann, der nun auf sie zulief.

Leo überlegte, woher er den kannte. Jetzt fiel es ihm ein:

Na klar, das war doch der Eiermann. Der, der einmal in der Woche mit seinem kleinen Lastwagen in ihre Straße kam und dort seine Hühnereier verkaufte. Natürlich, MOGGELING! Das stand auch auf dem Wagen.

“Schönen guten Tag, was darf's denn sein?” begrüßte er sie.

Herr Leichtsinn räusperte sich.

“Guten Tag. Wir hätten gerne zwanzig Eier bei Ihnen gekauft.”

“Jawohl, kommt sofort! Warten Sie hier bitte!”

Schon wollte der Mann davoneilen. Rasch fragte ihn Leos Vater:

“Entschuldigen Sie, aber dürfte ich meinem Sprößling mal Ihre moderne Anlage zeigen, während Sie die Eier holen? Er ist so lernbegierig, wissen Sie!"

Leo schaute seinen Vater verwundert von der Seite an. Lernbegierig? So'n Quatsch!

"Na gut, von mir aus. Schauen Sie sich ruhig um."

Der Mann verschwand wieder.

"Sag mal", wollte Leo wissen, "wo sind denn eigentlich die Hühner?"

"Die zeige ich dir jetzt."

Herr Leichtsinn schaute sich suchend um. Dann deutete er mit dem Finger auf eine Tür.

"Da geht's lang."

Als sie vor der Tür standen, konnte Leo auf einem Schild lesen: PRODUKTION.

"Was bedeutet das, Vati?"

"Produktion ist das Hauptwort zu produzieren. Und das heißt soviel wie etwas erzeugen."

"Dann werden hier also die Eier erzeugt", kombinierte Leo.

"Genau so ist es", antwortete sein Vater.

Sie betraten zunächst einen Vorraum und dann, durch eine zweite Tür, kamen sie in eine Halle.

"Puh, stinkt das hier!"

Leo hielt sich die Nase zu. Doch der Anblick, der sich ihm bot, ließ ihn den Geruch im Nu vergessen. Vor ihnen taten sich riesige Gänge auf.

Und an beiden Seiten dieser Gänge standen riesige Drahtkäfige. In diesen Käfigen befanden sich, dicht zusammengepfercht, die Hühner!

Leo stockte der Atem. Das mußten mehrere Hundert sein, die in dieser Halle in diese gräßlichen Apparate eingesperrt waren. Jetzt wurde ihm auch klar, was sein Vater mit 'Tierfabrik' gemeint hatte.

"Man nennt das übrigens 'Legebatterien'", erklärte ihm sein Vater mit ernstem Gesicht.

"Komm, Leo, wir schauen uns das mal aus der Nähe an. Wie hypnotisiert lief Leo neben seinem Vater durch die Gänge. Jetzt, wo er direkt vor den Käfigen stand, sah er, daß die Drahtböden der Käfige schräg waren, so daß die Hühner sich ständig festkrallen mußten, um nicht abzurutschen. Bevor er fragen konnte, warum das so war, bekam er schon die Antwort: "Damit die Eier abrollen können!"

Es gab also überhaupt keine Nester, aus denen man später die Eier einsammeln konnte. Die rollten direkt nach dem Legen auf dem schrägen Boden weg in einen Behälter. Und diese Behälter wurden mehrmals täglich geleert. Auch Sitzstangen, wie sie in jedem normalen Hühnerstall zu finden sind, gab es hier nicht.

Das Schlimmste war jedoch, wieviele Tiere

Leo war fix und fertig

man in solch einen Käfig gepfercht hatte. Jedes Huhn hatte gerade soviel Platz, um auf einer Stelle sitzenzubleiben.

“Wie machen die das denn beim Füttern? Kriegen denn die Hühner, die hinten im Käfig sitzen, überhaupt was ab?” wollte Leo wissen. Die Frage war berechtigt, denn nur vorne am Käfig war ein Futtertrog angebracht. Herr Leichtsinn wußte ziemlich gut Bescheid, denn er hatte schon einige Bücher über diese ‘moderne Tierhaltung’ gelesen.

“Zuerst fressen die, die sowieso vorne sitzen. Die von weiter hinten müssen sich in der Zwischenzeit nach vorne kämpfen. Das ist ganz schön schwer, weil der Käfig auch ziemlich niedrig ist.”

Allerdings, das stimmte. Die Hühner konnten ja nicht mal richtig aufrecht sitzen. Entsetzt hörte Leo ihm zu.

“Trotzdem müssen sie über- oder untereinander wegsteigen, denn sie wollen ja auch ihr Futter bekommen.”

Er zögerte. Seine Stimme klang bedrückt.

“Und dabei müssen jeden Tag eine ganze Reihe Hühner sterben. Vor allem die, die von Natur aus schwächlicher sind. In den meisten Fällen brechen sie sich bei dem Gedrücke die Wirbelsäule. Dann liegen sie erstmal gelähmt und völlig hilflos im Käfig, bis sie entweder vom Züchter rausgeholt und getötet werden oder von alleine krepieren. Manche werden von ihren Artgenossen auch einfach zu Tode gepickt."

Leo war fix und fertig. Kreidebleich und mit Tränen in den Augen zupfte er seinen Vater am Ärmel.

"Ich möchte hier weg. Bitte laß uns gehen!"

Draußen wartete bereits der Mann mit den zwanzig Eiern. Als Leo ihn sah, kam in ihm eine unbeschreibliche Wut hoch. Am liebsten hätte er ihm die Eier alle an den Kopf geworfen. Doch was hätte das genutzt. Der war ja nicht der einzige, der so eine Hühnerfarm hatte. In ganz Deutschland gab es diese Hallen mit den Drahtkäfigen.

Nachdem sie abgefahren waren, fragte Leo seinen Vater: "Das ist doch Tierquälerei. Warum ist sowas erlaubt?"

"Ich weiß auch nicht so genau. In Dänemark zum Beispiel hat man diese Legebatterien verboten. Aber hier bei uns, da scheint das niemanden so richtig zu jucken. Vor allem die Herren Politiker nicht. Die könnten nämlich was dagegen machen, wenn sie nur wollten!"

Leo konnte das einfach nicht verstehen. Er nahm sich vor, noch am selben Tag einen Brief an die Politiker zu schreiben. Vielleicht wußten die ja von dieser Gemeinheit gar nichts.

"Das Schlimme ist, daß man nicht nur mit Hühnern so grausam umgeht", meinte plötzlich sein Vater. "Schweine und Rinder werden meistens auch nur noch wie Gegenstände behandelt. Dabei sind das doch auch Lebewesen - genau wie wir Menschen!"

"Was sind das für Menschen, die die Tiere so quälen?" dachte Leo. Und er stellte sich vor, wie das wohl wäre, wenn man die mal in solche Drahtkäfige sperrte. Ob denen das gefallen würde...?

Gleich ist Schluß!

Hendrik: “So, liebe Leseratte, das also war das erste Buch über Leo Leichtsinn. Natürlich wünsche ich mir nichts doller, als daß es Dir gefallen hat! Denn sonst wäre die ganze Schreiberei ja für die Katz’ gewesen.
Und jetzt möchte ich auch nochmal mit dem Leo sprechen, das hatten wir ja abgemacht. Weißt du zufällig, wo er steckt? Nein? Schade. Leoooo!”

Leo: “Du brauchst gar nicht so laut zu rufen, ich bin doch schon da!”

Hendrik: “Na prima. Also, mein Freund, wie findest du das Buch?”

Leo: “Puh ... das ist für mich gar nicht so einfach zu sagen. Irgendwie ist das schon komisch, wenn man da dauernd was von sich selbst liest. Ich glaube, es ist besser, du fragst die Kinder.”

Hendrik: “Na gut! Und sonst, stimmt denn alles so, wie ich es geschrieben habe?”

Leo: “Ja, also dazu erfunden hast du nichts. Das fand ich unheimlich gut. Trotzdem ...”

Hendrik: “Was trotzdem? Leo, raus mit der Sprache.”

Leo: "Naja, das eine oder andere hättest du nicht unbedingt erzählen müssen."

Hendrik: "Was denn zum Beispiel?"

Leo: "Ach, vor allem diese blöde Geschichte mit dem Rauchen."

Hendrik: "Wieso denn blöde Geschichte? So ist es doch nun mal passiert."

Leo: "Ja, ja, stimmt schon. Trotzdem hätte das doch auch unter uns bleiben können."

Hendrik: "Warum denn, Leo?"

Leo: "Es muß ja nicht jeder wissen, daß ich so doof war und geraucht habe."

Hendrik: "Jeder macht mal 'ne Dummheit im Leben. Meistens sogar mehrere. Das hört auch nicht auf, wenn man erstmal erwachsen ist. Und außerdem, Leo, ist es doch gut möglich, daß jetzt viele Kinder gar keine Lust mehr haben, eine Zigarette zu probieren."

Leo: "Meinst du wirklich? Das wäre ja toll!"

Hendrik: "Auf alle Fälle haben die mitbekommen, wie furchtbar schlecht es dir nach der Raucherei ging."

Leo: "Bitte hör auf, ich will gar nicht mehr dran denken. Es war ... äähh!"
(Leo schüttelt sich)

Hendrik: "Schon gut, schon gut, lassen wir das Thema für heute. Mal was ganz anderes: hast du dir schon Gedanken wegen der nächsten

Sommerferien gemacht? Fährst du wieder zu Herrn Kiesl auf die Almhütte?"

Leo: "Na logo!"

Hendrik: "Logo?"

Leo: "Logo heißt logisch."

Hendrik: "Aha, da hab' ich ja wieder was dazugelernt. Übrigens - auf der Hütte hast du dich ja wirklich wacker geschlagen. Ich weiß nicht, ob ich das gekonnt hätte. Kühe melken und all die Arbeit, das war schon toll!"

Leo (wird rot): "Nee, nee, so schlimm war das gar nicht."

Hendrik: "Leo, ich habe das Gefühl, du verträgst kein Lob. Du bist ja richtig verlegen!"

Leo (knallrot): "So'n Blödsinn... stimmt doch überhaupt nicht!"

Hendrik: "Okay, ich will dich nicht ärgern. Möchtest du sonst noch irgendwas zum Buch sagen?"

Leo: "Hmm... mal überlegen. Ach ja, da fällt mir doch was Wichtiges ein. Und zwar haben mich eine Menge Kinder in Briefen gefragt, warum ich nicht so gern Sachen esse, in denen Zucker ist."

Hendrik: "Dann erklär das mal!"

Leo: "Also, ganz ehrlich und ohne Witz, Zucker ist wirklich ungesund für uns! Er macht unsere Zähne kaputt, und für den Bauch ist er auch nicht gut. Oma Olga hat außerdem erzählt, daß Leute, die in ihrer Kindheit viel Zucker essen, später schlimm was mit dem Herz bekommen können!"

Hendrik: "Du meinst zum Beispiel einen Herzinfarkt?"

Leo: "Ja, zum Beispiel. Aber es gibt auch noch andere Krankheiten."

Hendrik: "Mensch, Leo, du weißt ja für dein Alter schon eine ganze Menge über sowas. Ist ja sagenhaft!"

Leo (wird schon wieder leicht rot): "Nee, nee, soviel nun auch nicht. Da gibt es noch ganz, ganz viel, was ich noch nicht weiß."

Hendrik: "Aber ich weiß jetzt was.."

Leo: "Was denn?"

Hendrik: "Daß wir jetzt aufhören sollten zu quasseln."

Leo: "Okay."

Hendrik: "So, und was machst du jetzt noch?"

Leo: "Ich wollte mit Wollknäul ein bißchen durch den Wald strolchen."

Hendrik: "Prima Idee. Habt ihr zwei was dagegen, wenn ich mitkomme?"

Leo: "Nee, nee, das geht schon in Ordnung. Wollknäul hat bestimmt auch nichts einzuwenden."

Hendrik: "Bevor wir abzischen, sollten wir uns

aber noch bei der Leseratte verabschieden, meinst du nicht auch?"

Leo: "Doch, doch, ist doch logo!"

Beide zusammen: "Tschüüüs!"

Psst, warte mal noch einen Moment!

Bevor Du nämlich dieses Buch zur Seite legst, wollen wir vom Verlag Dir noch etwas schenken. Du siehst doch diesen Kasten, man nennt das auch Coupon. Wenn Du den ausfüllst, auf eine Postkarte klebst oder in einen

Briefumschlag steckst und frankiert an uns schickst, bekommst Du dafür umsonst einen Leo-Leichtsinn-Aufkleber. Ist das nichts?

Und wenn Du schon den Stift in der Hand hast, dann schreibe dem Hendrik oder auch dem Leo selbst - ganz wie Du magst - mal ein paar Zeilen. Zum Beispiel wie Du das Buch findest, was gut und was nicht gut ist. Das wäre riesig nett von Dir, ehrlich! Überleg's Dir mal!

An den bioverlag gesundleben
Im Steingrund 2 · 6072 Dreieich

Oh ja, schickt mir bitte einen "Klebe-Leo"!
Dafür verrate ich euch auch

wie ich heiße ....,

wo ich wohne ....,

....,

in die wievielte Klasse ich gehe ....

und wann ich Geburtstag habe ....

Wenn Du übrigens in Deinem Leo-Leichtsinn-Buch nicht rumschneiden willst, reicht es auch, wenn Du Name, Adresse und Geburtsdatum auf eine Postkarte schreibst und frankiert an uns schickst.